6

作者／張廉

插畫／Ai×Kira

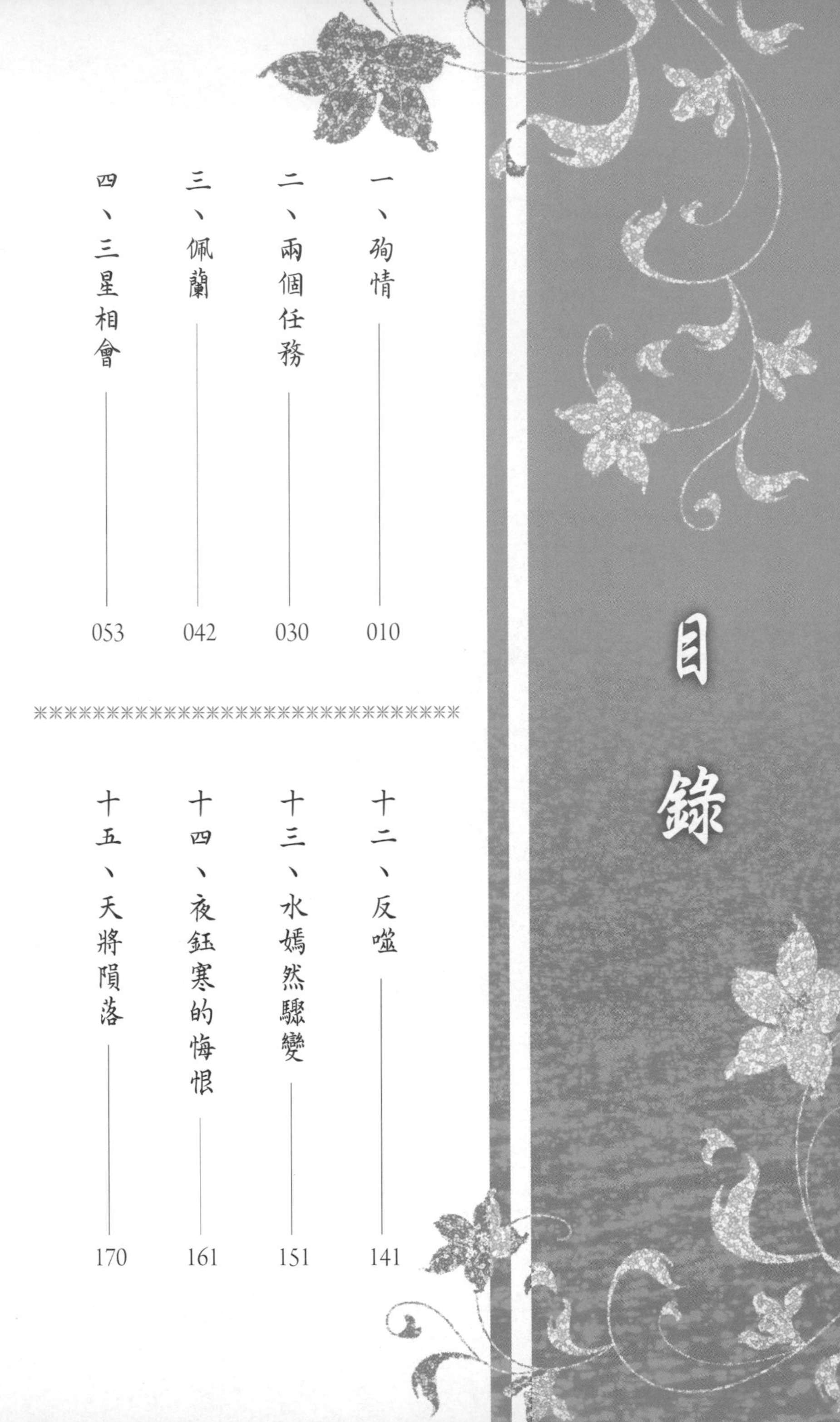

目錄

一、殉情

「非雪，妳真的要離開？」斐崳在一旁不解地看著我。

自從那天我拿出了赤狐令，當晚老族長就為我舉行了入族儀式，我成了一個傳奇，無論是狐族還是溟族，乃至整個幽國，都流傳著天機拿到赤狐令的傳奇。

我收拾著包袱。已經三天了，上面沒有任何反應，無論是叒天還是冥聖，就連青煙也沒有。到底幾時舉辦比賽，到底讓不讓我離開？都沒有半點聲響，就好像那件事從未發生過、我從未在他們面前出現過、更沒提起過挑戰和離開等事。

但時間不等人，多等一天，水無恨和拓羽那邊就越向深淵邁進一步，無法挽回。

既然答應了魅主和柳月華，我就要做到！

雖然，我不敢保證我定能改變什麼，但我一定能做些什麼！至少有一件事我肯定得做，就是告訴水酇，柳月華並沒有做出任何對不起他的事情，她愛的人，始終都是他。

「非雪，不如等神主同意妳離開再走吧。而且明天就是明火節了，妳這一走，萬一冥聖舉行大婚，妳和尊上怎麼辦？」

「怎麼辦？涼拌！」提起他我就冒火，至少也該跟我透個口風什麼的嘛，這三天對我不聞不問，搞什麼玩意兒？擺明了吃定我還是怎樣啊？

「反正他要我成為狐族我已經成為狐族，他要我向青煙提出挑戰我已經提出，還想要我怎樣？他們又不舉行比賽，那又不是我急就能決定的，他都不急，我急什麼？」我氣惱地將包袱扔在床上，整理好的包袱立刻散開，裡面的衣物散落在面前。

該死，又要重新打包，真是氣死我了！心情不好，好像做什麼都不順。

「非雪，別急，只是這末婚妻的比賽形式每次都不同，更不會提前告知，所以沒有人知道會以什麼樣的方式來考驗妳和青煙。據我所知，比賽的方法從來不按規矩，雖然形式不同，但內容就是考驗德、文、術、智。第一次的時候是神主直接交給兩人一個任務，從執行任務中，判斷哪一個更為優秀。」

原來是這樣，這麼說不準啊？感覺真不可靠，還連準備的時間都沒有，也太難搞了吧。

「第二次是安排兩個人共同治理幽國，時間為一週，從中選出勝者。」

一週，時間好長……

「所以非雪，妳不能怪尊上，妳只有耐心等待，若此刻妳就這樣離開，豈不是直接放棄？」

心裡開始掙扎，如果為了煚天而留下，那就是對不起柳月華和水無恨，更辜負了魅主；若我現在離開，等同自動放棄，會讓煚天痛心，讓冥聖得逞。

到底該怎麼辦？好煩哪！

「非雪，不如再等一天。」斐崳似乎有點急了：「明天就是明火節，妳現在是狐族族長的孫女，等同於狐族的聖女，照規矩，妳得在明火節上唱聖歌。」

「聖歌？」

這個神聖的名詞我從不會把它和自己聯想在一起。想想糜塗好像也沒有提起過，應該不會真的要我唱吧。

「是的，聖歌，一首遠古留下來的歌曲……」斐崳的臉上露出神往的表情，「那是一首讓人的心靈得到淨滌的歌……」

有點受不了，像我這種俗人根本沒那種境界修養，就算讓我唱也唱不好。

我是否要過完明火節再走？畢竟這也是幽國一個隆重的節日，遲一天，水無恨和拓羽那邊也還打不起來，根據之前看到的消息，水家的舉動都在拓羽的掌握之中，只是拓羽依然還不知道水無恨就是紅龍。猜想一時半刻，水同志應該不會輕舉妄動。

正在思考的時候，糜塗和老妖從門外走了進來，他笑盈盈的臉讓我覺得不舒服，總覺得他是帶著目的而來。

老妖走到小妖面前，小妖伏下前肢，向老妖行禮。

「乖女兒，有件事明天妳要辛苦一下。」糜塗開門見山，拉起我的手就往外走。

「什麼？」

「妳要唱聖歌。」

……啊……？

萬籟俱寂的廣場上，是戴著各式各樣精緻面具的人們。兩排長長的火炬在廣場的兩旁閃耀著聖潔的光芒，此刻我卻半點驕傲的感覺都沒有。是的，我很鬱悶，我怎麼也沒想到所謂的聖歌居然是

《生生不息》！

好個崇洋媚外的傢伙，到底是誰啊！穿越過來居然用外來歌當作聖歌！難道國內就沒好歌能勝過它嗎？

當我流暢地將《生生不息》唱出來的時候，還讓糜塗和老族長驚訝了許久，他們圓睜著眼睛，宛如看神人一般地看著我，讓我頓時感到無比虛榮和驕傲。不由自主地翹起了狐狸尾巴。當然，我沒有尾巴，是小妖替我翹的。

燈火搖曳的廣場上，眼前盡是白茫茫的一片。今晚無論是溟族還是狐族，以及幽國人，都身穿白色的衣衫，在這裡，白色代表聖潔。雖然是白色的袍衫，但細微處的花紋無不展現出穿衣人的性格和愛好，正如他們臉上多彩多姿的面具。

斐崳就在台下，今日他臉上戴的是畫有梅花的面具。白色底襯著畫成黑色的梅，一種獨特的氣質吸引著周遭的人。但這些人在看到他身邊戴著骷髏面具的歐陽緡時，都冷不防打了一個哆嗦，不敢再次偷窺。

我的面具是斐崳為我準備的，他說我和小妖越來越像，無論是長相還是個性。

這點我承認，在個性上，我也是很狡猾的。而面容上，都說寵物養久了會跟主人越來越像，所以我現在笑起來，也是眼睛瞇成一條線，就像隻狐狸。

音樂響起，聖歌唱響：

「這小島你我同在，譜出最美音樂；

面對漫長風與浪，信念伴我啟航；

每一刻光陰流逝，即使身邊轉變；

面對挑戰共勉，明日再遇那驕陽；

是這生生不息……」

下面的人認真而肅穆，而我這個唱的人心裡卻在想：什麼玩意兒，不公平，絕對不公平，我是中國人，我有一顆中國心，我要唱中文歌啦！

當最後一個尾音在風中緩緩消散時，㚖浩然站了出來，大聲宣布明火節盛會正式開始。

生生不息的生命，生生不息的愛情，或許這首歌的確很適合吧。

我在面具下淡笑著，糜塗老爹走到我的身邊，他今晚戴著銀質的半截面具，一雙有神的眼睛在面具下散發著令人心動的魅力。

「女兒，妳唱得很好。」他讚賞地摸著我的頭，其實比起當父女，我更喜歡和他是朋友關係。我繞到他的身後，他疑惑地看著我，我笑道：「老爹，你該為我找個娘親了，快去快去！」我推著他，他輕笑著搖頭，直到我將他推下祭臺。

他站在台下，仰著臉深深注視了我一會兒，似乎有欣慰也有感慨，那奇怪的眼神讓我一時摸不著頭腦，等想問他的時候，他已經消失在白茫茫的人群中。

廣場的中央燃起了大型的篝火，面具男女們在篝火邊歡欣地跳舞嬉戲。

廣場的周圍是一個又一個攤位，連綿不絕，望不著邊際。攤位上不僅有好玩的，更有好吃的。

我一下子就鑽進人群，小妖更是跑不見狐影，轉眼間，牠站在一個老人面前，可憐巴巴地看著他烘烤出來的魷魚。

老人微笑著將魷魚遞給身邊的一隻藍色狐狸。那狐狸小心翼翼地躍下灶台，將魷魚交給小妖。在遞交時，那藍色狐狸愣愣地看著小妖，小妖叼住了魷魚的另一端，那一刻，牠們就宛如情侶，親密地吃著同一串魷魚。

真是好有趣的光景啊。

鼻尖滑過一陣魷魚香，一串魷魚出現在我的面前。身邊來了一個白衣天使，臉上戴著和我一樣的狐狸面具，只是他的更大些。

這個面具很眼熟，我認出了它，是我當初為「天外飛仙」所特製的狐狸面具，我笑了，接過魷魚：「你怎麼還留著這個？」

「凡是妳做的，我都會留著。」

「肉麻。」我撇過臉，可心裡卻如同吃了蜜糖一般甜蜜。

哭天拉著我的手，將我帶出了廣場，遠離人群。

我看著漸漸上山的路，覺得很開心，他會不會準備了什麼驚喜呢。

山路越來越幽靜，此刻就連小妖都不在我的身邊，我和哭天終於有了真正單獨相處的機會。漸行漸遠，嘈雜的人聲在我們的身後漸漸消失，幽靜的空氣裡，是詭異的嘶鳴。

越來越覺得不對勁，今天的哭天似乎特別安靜。

以前的他若是有和我單獨相處的機會，一定會吱吱喳喳不停地「哭訴」對我的相思之苦，但今天的他真的好安靜，就只是拉著我前行，沒有半句話語，默默地不停前行，彷彿要將我帶離這個世界，前往另一個空間。

心裡開始戒備，我停住腳步，冷聲道：「你是誰？」

昃天緩緩放開了我的手，慢慢轉過身，面具下的眼睛開始變得陌生：「我是天啊，怎麼了，非雪？」

我提鼻子嗅了嗅，沒錯，是天的味道，但面前這個人絕對不是天。

「你被人下咒了？」

面具下的眼睛開始變得呆滯，他停住了，宛如一個機器人耗盡了電源，停在我的面前，眼睛裡再無任何神采，宛如一個空洞。

「天！」我焦急地想抱住他，忽然聞到一絲他人的氣息，尚未回頭之際，後脖頸就被狠狠擊中，昃天的臉，漸漸消失在我的眼前，整個世界開始陷入黑暗……

好冷……

是什麼灌入了我的脖頸……

是風……

脖子好痛……

終於……我睜開了眼睛，看到了腳下的大海……

大海！我一個激靈，整個人立刻清醒起來，我怎麼會被吊在半空？而我的腳下，正是波濤洶湧的大海！「嘩——嘩——」白色的海浪拍打著崖壁，一個大大的漩渦宛如海怪的血盆大口，正等著我這個美食。

「啊！」反應過來的時候，我先大叫了一聲：「有沒有搞錯！作夢，這一定是作夢！」

慌亂地看著周圍，卻看到了青煙的身影，她居然和我一樣，被懸吊在半空中，只是她的臉上很平靜，宛如沒有半點求生的希望。

「青煙？青煙！」我對著青煙大聲吼著，她終於有了些許反應，緩緩揚起臉，眼裡卻沒有任何光彩。

「這到底怎麼回事？」

青煙望向了一邊，我順著她的目光看了過去，只見冥聖嘴角微揚地佇立在崖邊，手中握著一把月牙色的弓箭。

「這是遠古用的祭臺。」冥聖揮舞著雙手，彷彿在為我們講解，我順著他手一看，只見在崖邊築有一座高高的平臺，平臺上有六根象牙色的石柱，石柱上雕刻著詭異的圖紋，其中兩根柱子向山崖外傾斜，此刻這兩根柱子就掛著我和青煙。

冥聖悠然地笑著：「今日是明火節的千年祭，因為是遠古的習俗，更是神主的暗諭，所以沒有人知道。今天，妳們兩個聖女必須有一人成為明火之神的祭品。」

「什麼！」我驚呼：「青煙是你徒弟你也捨得！」

冥聖的微笑變得扭曲，那似笑非笑，似哭非哭的表情讓人害怕。

「我也捨不得啊，可是沒辦法呀，所以就讓叟天選吧。」

「什麼？」

「神主說，既然妳們兩個要競爭國母的位置，那不如就讓叒天來挑選。而落選的那個，活著對叒天和國母只會帶來困擾和麻煩，不如死去，斬草除根！所以妳們的命運不在我的手上，而是在叒天的手上，怎麼樣？我的孩子，天！就由你來決定她們的生死吧！」

叒天從黑暗的角落裡走了出來，他緊皺的雙眉，透露著他的憤怒與掙扎。

「你可清醒了！」我很生氣，氣他居然這麼容易就被人下咒，誘我上山。

「對不起，非雪，我沒想到冥聖會……」叒天朝我邁了一步，卻被冥聖的弓箭當即攔住。

原來是冥聖搞的鬼，這個死人妖！我恨恨地咬牙切齒，看向一邊的青煙，她卻依舊一副認命的樣子。難道冥聖就是神嗎？他的命令就都要遵守嗎？

這是什麼世道！

看著崖邊的冥聖，我輕笑道：「我說冥聖，你這麼厲害，何必要對叒天下手來引我上山，甚至還偷襲我？」

「因為妳的鼻子太厲害。」冥聖嘴角微揚，「若不是我動用叒天，妳的戒備怎會放鬆？」

哼，知道就好。對於冥聖，我絕對是百分之百戒備。

「而且，我沒把握能捉住妳。」

哼哼，那倒是，我的輕功現在也不是浪得虛名，要不是注意力全在叒天身上，冥聖怎麼可能這麼容易打暈我。

「所以，我只好用了點小小的詭計。」

垃圾！狗屎！強烈的憤怒開始在心底爆發。

「好了，還是說正事吧。」冥聖張開了弓，月牙色的弓箭在月下透著詭異的血光。他看著一旁的旲天冷笑道：「你選誰？無論你選哪個，我都會射殺另一個。」

旲天怔住了，絲絲長髮和他白色烏金滾邊的長袍隨風飄動，他向我邁進一步，瞬間一支箭劃破空氣，帶著一道流光直射青煙。

我驚訝地看著那箭射向青煙，「唰」一聲，直直地射穿了青煙的肩胛，在夜空中帶出一道血光。那道血光從青煙的背後穿出，劃出一道弧線後落下深淵，瞬即被下面的漩渦吞沒。

在那一刻，我和旲天都震驚了，冥聖是來真的。

怎麼辦？

祭臺上是肆虐的北風，那一聲又一聲嘶吼宛如是一隻又一隻嗜血的猛獸，在等待我們的鮮血讓牠們飽餐。

陰冷的風帶起了我的長髮，我看著另一邊的青煙，她茫然的目光裡沒有任何希望，她只是靜靜地看著下面的漩渦，任由那鮮血從她的肩胛流出，染紅她的衣衫，再無聲地滴落下去，被漩渦吞噬。

沒有痛苦，沒有掙扎，沒有任何表情。青煙就那樣宛如一個祭品般等著自己的命運，等著自己的生命慢慢消失。

為什麼？為什麼她不自救？

她是完全有能力自救的。她有高超的武功，就像電視劇裡那樣，她只要一個翻越，然後綳斷繩子，就可以輕鬆地回到崖邊。

但她卻就這樣接受了冥聖的安排，被動地等著叟天去救她。

天……難道？我明白了，她的傻勁又犯了，古代的女人為何對男人的愛如此執著？

她一定希望天救她，如果天選擇她，那她就成為了天的妻子。如果天選擇了我，那她覺得也是生無可戀，不如死去。

失去了天，對她來說，就是失去了整個世界。

這個白痴女人！

「怎樣？」冥聖在冷風中抽出了箭，冷俊的面容宛如神界的審判者：「如果你不做出決定我就射死你，幽國不會要一個猶豫不決的國主！」

青煙立刻揚起了臉，看向叟天，我看向冥聖，那冷血的眼神，證明他說到做到。

叟天雙手緊緊握起，盯著我，我閉上了眼睛，然後張開看著他，直直地看著他，心想：白痴！把冥聖滅了，我和青煙不就都能獲救了！可是……他是冥聖的對手嗎？如果他比冥聖厲害，又怎麼會被冥聖下咒呢。

真是鬱悶。我皺緊了雙眉，看看下面幽深黑暗的漩渦……可惡！如果青煙一心等死，那只有我想辦法自救了！

我看向叟天，向他點了點頭：天，去救青煙吧，不然她就死定了。青煙已經放棄了生的權利，做好了死的準備，但她的死會讓我和你一輩子都陷入內疚和痛苦。她現在唯一等的，就是你，或是那支讓她解脫的箭。

腳下開始有黑色的物體盤旋，我不知道牠們是什麼，但我知道，牠們是我唯一的希望。

冥聖在月下再次拉開了弓，高聲道：「三！」

黑影越聚越多，甚至將那漩渦覆蓋。

「二！」

溟天看著我，眼神變得堅定，忽然，他躍向了青煙。

「一！」

一支箭，帶著劃破夜空的摩擦聲，直射我的心臟……

「啊！」我驚叫一聲，從昏暗中醒來，一雙溫暖的大手緊緊包裹著我的右手，好溫暖，讓我覺得安心。

「沒事了，非雪！」溟天的臉立刻出現在我的面前。

在我醒來的第一眼，我看到的是他，是真真正正的他，我還以為……我會永遠失去他了……

我暴走了，我再次暴走了，就在冥聖將箭射向我的那一刻，我心底長期壓抑的黑暗，終於一口氣爆發了。

思緒漸漸帶回生死存亡的那一刻，那決定我命運的關鍵一刻……

冥聖鬆開弓箭的那一剎那，一隻飛鷹從天而降，牠緊追飛箭，一口咬住了箭尾，哪知冥聖的力量極大，飛鷹僅僅是減緩了箭的衝力。

可惡，心念一轉，另一隻飛鷹破空而下，用牠鋒利的嘴啄斷了吊著我的繩子，我當即墜落下去。

我很害怕，害怕得要死！雖然下面的漩渦已經被不知名的鳥兒覆蓋，但牠們能承受我的重量嗎？畢竟我掉下去還帶著衝力，這重力加速度可不容小覷。

但事實證明，牠們接住了我，而且還接得穩穩當當！

我怎麼也想不到，在幽國不僅僅有三頭洛威拿，巨大的小白，更有大鵬！

方才被高高吊起，在視覺上感覺下面的飛鳥身形很小，而此刻定睛一瞧，確實是大鵬，就像楊過的鵰兄一般的大鵬。

只一隻大鵬就輕鬆地接住了我，我坐在鵬身上掙斷了縛住自己的繩子，俯視著腳下那波濤洶湧的漩渦。我怒了，真的怒了，來到這個世界，我第一次真正發怒了。

憑什麼！憑什麼我什麼事都要被你們操控在手中？憑什麼你們都要來干預我的生活？憑什麼我愛的男人卻要有一個未婚妻？憑什麼我就要做側室！

我同樣是人，有胳膊有腿，和冥聖他們一樣都是人，為什麼我就要被他們看不起，為什麼我就要表現得低人一等！

既然我是天機，是魅主招來的人，是那個遠古的預言！我可以被打敗，但我絕不可能被毀滅！

抬眼看著上面，崖邊站著三個白點，他們向下張望著。怎麼，想看看我死了沒有是嗎？

我揮了揮手，黑色的軍團貼近漩渦飛行，此刻如此近距離看著那漩渦，立刻感到一陣心悸。這個漩渦足足有百米開外，跟剛剛在上面看到的那個貌似只有十米左右的小漩渦大相逕庭，我和大鵬們在離它五米高的上空飛行都能感覺到它旋轉的氣流，彷彿一不小心，我們就會被它吸入。

穿過漩渦，我們從山崖的另一側向上飛到了祭臺的上空。我坐在大鵬的身上，憤怒地俯視著正攔著炅天跳崖的冥聖。

「你瘋了！」冥聖大喝著，抬手就劈向炅天，炅天身形一轉躲開了冥聖的攻擊，又衝向崖邊，青煙立刻攔在他的面前。

「你們讓開！」炅天憤怒地看著他們：「現在你們滿意了吧！」

「天……」

「妳住口！」青煙只喚了他一聲就被炅天狠狠打斷：「若不是妳，非雪根本就不會死！就是！若不是為了跟這個火星人搶老公，我根本不會瞎攪和到這麼麻煩的事件裡，更不會有生命的危險！

既然她明明知道炅天根本不愛她，為何不肯放手？如果她能放手，我和炅天就不會那麼辛苦，究竟是誰造成了今天的局面？究竟是誰讓整件事變得如此複雜！不就是她！

「天兒！是你自己選擇了青煙，雲非雪的死不能怪煙兒！」

「哼！是嗎！」炅天扯動著嘴角，帶出了懾人的笑聲：「哈哈哈，是嗎！好！是我！是我害死了她！所以我要隨她而去，這有什麼不對，你們為何要攔著我！」

「因為你是未來的國主，你的生命是何其寶貴你知道嗎！」冥聖大吼著，完全失去了他一直以來的優雅：「你的生命是十個雲非雪，甚至百個雲非雪都換不來的，你何苦為了一個雲非雪而捨棄你的子民？」

「你錯了，你們都錯了……」煚天痛苦地搖著頭：「在我心裡，非雪是不可替代的。冥聖，如果今天死的不是非雪，而是國主，你會怎樣？」

冥聖的身體怔住了，凜冽的北風揚起了他潔白的袍衫，帶出了一絲恐慌……

「你……你什麼時候解的咒？」冥聖慢慢地，緩緩地問向煚天，他的話讓一旁的青煙驚訝得瞪大了雙眼。

「這還重要嗎？」煚天輕輕的話語帶著淒然的笑：「這已經不重要了，因為她已經死了，我也將隨她而去，你們即使強留下我的身體，也只是留住一個沒有心的國主。這一個空有軀殼的國主對你們恐怕沒有價值吧……」煚天緩緩後退著，退到了崖邊，他嘴角微揚，平靜地笑著。

緩緩張開雙臂，他往後倒了下去，淚水在風中揚起，在月光下帶出他的絕望……

深深的夜空，黯淡的月光，煚天緩緩倒了下去，落入那無窮的深淵……

「不——」青煙大喊著撲向崖邊，卻被冥聖緊緊拉住。

「師父，你讓我去吧！求你，讓我去吧！」青煙緊緊抱住了冥聖的腿，苦苦哀求。

「一個這樣，兩個這樣！你們是存心要氣死我嗎！」冥聖憤怒地大吼著。

我冷冷地看著這一切，心中燃燒著熊熊怒火。

混蛋！現在逼得煚天也跳崖了！你們滿意了吧，你們終於滿意了吧！

狂風越加肆虐，烏雲捲動，在祭臺上盤旋，宛如青天張開了一張血盆大口，要將世人吞沒。

「汪！汪！汪！」出乎意料的，三頭犬出現在祭臺邊，一道白色的身影閃現，小白居然也來了！而牠們的身後，更是千軍萬馬——我的動物兵團！

小妖站在三頭犬的身上，俯視著祭臺上的冥聖，牠來了，牠來幫我報仇！

而小白盤繞在三頭犬的身旁，這兩個龐然大物的出現，讓冥聖皺緊了雙眉。他看向四周，似乎在找人。

我緩緩戴上了狐狸面具，今晚我要大開殺戒，右手揚起之際，就是牠們進攻之時。

動物在咆哮，狂風在肆虐，一切的一切宛如世界末日的來臨！

「嗷！」三頭犬一聲咆哮，就向冥聖衝去，冥聖揚起了手中的弓箭，對準了三頭犬。

「住手！」

忽然，一個人躍到冥聖及動物的面前，竟然是旲浩然！

「都給我住手！」他一聲咆哮，帶著內勁，氣浪翻滾，揚起了動物們的毛髮，牠們一時愣住，站在了原地。

「雲姑娘！」旲浩然揚起了臉，望著空中的我：「請妳冷靜，這是誤會！」

旲浩然的大喊帶出了冥聖和青煙的驚訝，他們同時望向空中，搜尋我的身影，就在他們看到我的那一剎那，冥聖瞇起了眼睛，而青煙則是怔愣地張開了嘴。

「誤會？哼！」我冷笑：「剛才冥聖擺明了要殺我，我倒是很想知道，這怎麼就是誤會？難道我誤會了他？他不是要殺我，而是要幫我從這個世界解脫？讓我不用做天機，處處被人利用！」我簡直怒不可遏！

冥聖要殺我，這是顯而易見的事，你叒浩然蹦出來，明顯就是要護短。

「雲姑娘，這真的是誤會。」叒浩然懇切地看著我：「這是神主的安排。」

「神主？哈！我知道，祭品嘛，不是我就是青煙。」

我看向冥聖，冥聖的臉上掛著淡淡的笑容，但他額頭涔涔的汗水顯示著他方才也受驚不小。看到冥聖也會不安，心情爽到極點。

「雲姑娘，妳下來再說，事情不是妳看到的那個樣子。」

「那是哪個樣子？」

「天兒呢？」叒浩然問我，我撇過臉，伴隨一聲大鵰的長鳴，從月中飛來一個黑色的身影，那隻大鵰飛到我的身邊，牠的身上坐著一臉殺氣的叒天。

「老頭！這到底怎麼回事！」叒天雙手環胸，冷然地俯視著叒浩然，叒浩然的眉毛顫抖了一下，看著我和叒天，他的額頭也開始有細小的汗珠隱現。

「什麼怎麼回事，不就是要滅了我！廢話少說，上！」我大喝一聲，三頭犬和小白再次衝鋒，直撲叒浩然和冥聖。

「雲姑娘……」叒浩然連說話的機會都沒有就與小白展開纏鬥，而另一邊冥聖也忙著對付三頭犬，此刻三頭就在他的身邊，他沒有機會張弓射箭。

「啪！」一掌，叒浩然就打在了小白的七寸，小白當即癱軟下去，叒浩然立刻躍到三頭犬的頭頂，拿三頭犬當跳臺，一下子就飛到半空。

當他出現在我的面前，一掌劈下，就是一道掌風。我趕緊帶著大鵰閃躲，避開了昊浩然的攻擊。

「天機！妳聽我說，這是比賽，是神主為妳和青煙安排的比賽！」他一邊下落一邊大聲喊著。

我愣住了，昊天也愣住了，我這一愣，所有的動物都停止了攻擊，靜靜地守候在原地。

我從大鵰身上躍下，躍到冥聖的面前，冥聖瞇眼笑著：「妳贏了。」

「什麼？」我不解地看著他，一旁的青煙趔趄地走到冥聖的面前，冥聖淡淡地對青煙道：「妳輸了，煙兒，妳從此不再是昊天的未婚妻。」

「輸了……」青煙輕喃著，扶著受傷的肩胛，血水染紅了她的雙手，「為什麼？」她空洞的眼睛裡湧現她的不甘，她忽然大叫：「為什麼？天不是選擇救了我，為什麼贏的卻是雲非雪！」

我淡淡地看著青煙因痛苦而扭曲的臉，現在無論事情會如何演變，都無法平息我心中的怒火。

「煙兒，妳輸了，而且是徹底地輸了。」冥聖輕嘆著，憐惜地看著青煙。他輕輕撫過青煙的臉，道：「一個只會等著國主來營救的女人，是沒有資格做幽國國母的。幽國需要的是一個堅強、機智，在危急時刻不會拖累國主的國母，是一個能獨立擔當的女人。在方才危難時刻，雲非雪選擇了自救，而妳沒有；如果這不是比賽，那妳就已經拖累了國主，並害死了天機。妳無論在德、智、術、勇上都已經輸給了雲非雪，煙兒，希望妳在今後的日子好好反省！」

青煙整個身體無力地在風中搖晃了一下，抬眼看著我，沒有半絲表情，宛如受了重大的打擊，變得茫然。

「輸了……」她輕喃著：「我輸了……為什麼？我什麼都沒做，就輸了？不服，我不服！」她的眼中射出了精光，「我不服，我要再次挑戰！」

我看著她，與她的視線相撞，心裡卻沒半分欣喜，我現在依然充滿了對神主的憤怒。

「晚了，煙兒。我們從小就培養妳，教妳上乘的武功和咒術，可妳方才為何不用？功夫和咒術如果不使用，那就沒有任何價值；能靈活運用的人，才能發揮它們的光彩，更能達到千百倍的效果。煙兒，如果比賽按照常理那就不是幽國的風格了，妳應該明白，為何妳到現在都沒有接受任務，就是因為妳的為人實在太被動，太刻板了，有很多東西是為師所不能教的，妳還是好好跟雲非雪學習吧。」冥聖無奈而惋惜地說著，徹底打碎了青煙再次挑戰的希望。

青煙看了我一會兒便垂下了眼瞼，北風輕輕吹過她蒼白的臉龐，我彷彿聽到了她心碎的聲音。這就是所謂的比試？一個幾乎要了我們三人性命的比試？

「雲非雪。」冥聖轉向我，露出微笑：「恭喜妳獲勝了，但是……」他沉下了聲音，表情變得嚴肅，「在煚天為妳殉情的時候，妳非但沒有出來阻止，反而在空中旁觀，妳為了看到煚天對愛情的執著和專一，卻險些間接地害死了青煙，妳這種做法是不是太任性，也太自私了！」

「自私？你們居然說我自私！」我冷笑著，煚天握住了我的手，我當即甩開，怒道：「你們有沒有想過，我完全可以讓天選擇救我，然後用自救的方法去救青煙？我為什麼沒這麼做，因為我沒有把握！我是在用自己的性命換你寶貝徒弟的命！」

冥聖張著嘴，無言地看著我。煚浩然在一旁微微點著頭，愁眉深鎖。

「你們都以為自己高高在上、聖潔完美，但你們到底高貴在何處？」我仰天苦笑：「你們到底有沒有把我當一個人看！」

「非雪……」叟天從我的身側抱住了我，我大笑不止：「呵……我是天機，在你們眼裡就是一個麻煩，這個麻煩不如不存在的好！你們說我贏了，青煙輸了，可我一點都不覺得高興，因為這是要賠上兩個女人，甚至是三個人性命的比試，這個比試本身就是自私的，你們只是在尋找一個更加完美的下屬，一個你們口中的神主可以差遣的人！」

心中怒火翻湧，幾欲噴發：「你們……唔！」一股熱流湧上胸口，我捂住了嘴，口中血腥蔓延，從指尖溢出。

「非雪！」叟天慌忙扶住了我，我呆滯地看著手中的鮮血，我的血，是我被他們氣出來的血！

「呵呵……哈哈哈……」我大笑，仰天大笑。

我笑，笑這個世界自以為是。

我笑，笑這些人自命清高。

我笑，笑這個可笑的世界，笑這些可笑之人。

「天機……」叟浩然和冥聖都擔憂地朝我走來，而我只是覺得他們好遙遠，好模糊。

一切都變得好空洞，好累，累得只想回家……

我呆滯地看著那茫茫的天際，到底何時，才能結束這個可笑的命運，耳邊響起了動物們憤怒的咆哮……

二、兩個任務

動物在咆哮、撕咬，牠們在發洩我心中的憤怒。

血，到處都是血，小妖一身銀白的皮毛染成了紅色，牠血紅的眸子在我的眼中不停放大……

我捂住了雙眼，從回憶中醒來，我都幹了些什麼？

「非雪，下次有什麼不開心的事別再埋在心裡。」叟天攬著我的身體，輕柔地為我梳理散落在耳邊的長髮，「我們現在在一起了，妳可以跟我說，什麼事都要跟我說，別憋著……」他緊緊擁住了我，在我耳邊輕嘆。

胸口有點窒悶，我只是呆滯地看著殷紅的被褥，就像那是我吐出來的鮮血。

「在妳失控後，動物們造反了，妳知道我們花了多少力氣才鎮壓牠們嗎？呵，幽國歷史上，第一次為了鎮壓動物而出動兵力。」

我沉默，那時的我已經暴走，記憶變得模糊，只記得動物們的咆哮，和到處飛揚的鮮血。

「就連冥聖都受了傷。」

活該！

「小妖呢？」我發覺小妖不在身邊。

「牠受了點傷……」

「是因為我……」心裡漸漸感到內疚，不僅小妖，許多動物都受傷了，我為了發洩自己的憤怒而連累了牠們。當然，對於冥聖他們，我完全沒有絲毫愧疚，我已經做好了被那個所謂神主給懲罰的心理準備。

發起動物大戰是我不對，這點我承認。但如果我再忍讓冥聖他們，那我不如跳崖去死！

「非雪，不怪妳，他們這次做得實在過分！」煛天將我擁在胸前，那寬闊、令我貪戀的胸膛，他繼續道：「如果妳沒成功，那我們此刻早已不在人世了……」

我抱緊了他的身體，忽然覺得莫名心酸，淚水忍不住落下……

「對不起，你跳崖的時候我沒阻止……」我在他懷裡懺悔。

煛天輕撫我的後背：「過去了，一切都過去了，我從沒怪過妳，我是自願的，非雪，妳明白嗎？」

「我明白……但我不是無意的……我是故意不出來阻止的……」我鑽入他的懷裡，不敢面對他，「我其實是想看冥聖他們慌亂的樣子，我是想讓他們為我的死付出代價，對不起……」

「如果妳沒把握救我，也不會任由我跳下去，是嗎……」

「嗯……」

「那不就行了，我的非雪是最厲害的，不但戰勝了青煙，還讓冥聖害怕，更讓老頭子頭疼，哈哈，我的小非雪是最了不起的人！」

「就只有你會那麼說……」他的話讓我心裡甜滋滋的。

嘴角忍不住上揚，在他衣襟上蹭掉了鼻涕和眼淚，終於有勇氣再次面對他。我揚起臉看著他微笑的眼睛，眼底充滿了我喜歡的寵溺和溫柔。

「答應我……」我撫上他的臉，撫過每一個五官，將一切刻入心底，「答應我，如果我真的死了，別再做傻事了好嗎？」

叟天一下子握住了我的手，怒道：「不許妳這麼說，再說這種話我生氣了！」

我笑了，孩子般的神情配上他那張成熟而魅惑的臉，除了天真，還有幾分調皮的邪氣。

「咳！咳！」幾聲咳嗽忽然從外面傳來，打斷了我和叟天的深情凝視。

我們一同望向玄關外面，原來是叟浩然。

他幽幽地笑著，眼中還帶著狡黠。

「天機好點了嗎？」他走到床前，我這才發現原來我睡在叟天的房間裡。

「好多了。」叟天淡淡地答著，冷俊的面容隱藏著他的憤怒，「因為這次的事件，非雪的內傷再度加深，只要別再讓她見到一些不想見到的人，我想她的傷很快就會好起來。」

叟天的話明顯就是逐客令，我忍不住輕輕拍了他一下，既然事情都過去了，還是以和為貴的好，而且從頭到尾，叟浩然一直都很器重我。

現在想想冥聖對我的偏見來自於護短，青煙畢竟是他的徒弟，他不護她是要護誰？

「那就好……」叟浩然臉上的笑有點掛不住，那尷尬的樣子讓叟浩然俊朗的臉變得奇怪，「因為神主已經給未來的國母準備好了任務。」

「什麼！她才剛休息！」叟天急了，叟浩然沒有理睬叟天，只是看著我，繼續道：「這個任務就是妳一直想要的任務！」

一直想要的……難道？

「出幽國？」

「沒錯。」旻浩然笑著：「佩蘭的國主向神主發出了求救。」

「柳諷楓？」原來不是水無恨。那個男人很討人厭，我興趣不大。

「怎麼說呢，他被影月國國主趙靈看上了，最近正陷入國事危機，所以妳必須去一趟，解決他們的衝突。」

好啊！活該！也讓他嘗嘗被人強搶的感覺！雖然我很幸災樂禍，但這個任務我還是不想接受，正打算回絕，旻浩然卻突然道：「水無恨也到了佩蘭。」

「什麼？」

「不止是他，還有妳同鄉的姊妹上官柔，以及拓羽也都到了佩蘭。」

「啊？」怎麼這麼巧？

「因為柳諷楓以海鮮盛宴的名義向各國國主發出邀請，以拖延趙靈的糾纏，防止戰事發生。」

哈哈，原來影月國在這個世界這麼囂張，讓柳諷楓都對她們畏懼不已。

「影月國藉著神器已經不止一次強搶俊朗男子，若是普通男子，國主們自不會干預，但若是皇室人員甚至是國主本身，往往就會引發戰事。起先他們並不知道神主聖使的存在，所以總是屈服於影月，但在百年前，神主派聖使成功地解救了霧國王子，之後神主聖使就在各國之間流傳。」

「那他們怎麼呼救？」

「神主無所不知，只要他們誠心祈求，神主就會知道。」

這麼神？不可能吧。不過幽國的耳目遍布天下，說不定國主身邊的太監就是神主的人。柳讕楓哪天偷偷哭訴的時候正好被他聽見，於是乎……嘖嘖，腦內小劇場又要開始了。

「而水無恨打算借此機會刺殺拓羽。所以，雲非雪，這次其實是兩個任務，妳能完成嗎？」

「能！」

「不能！」叒天忽然大喊一聲，這時我才想起他一直坐在我的身邊，方才只顧著聽叒浩然的任務講解，一時忘記了他的存在。

他此刻緊皺雙眉，眉角直抽：「我不同意，太危險！或者，我與她同去！」叒天緊緊握住了我的手，一副誓死不鬆開的神情。

「天兒！」叒浩然沉下了臉，「你現在越來越感情用事了！」叒浩然似乎真的生氣了：「你自殺的事情神主已經知道，所以現在不是雲非雪有沒有資格做國母，而是你有沒有資格做國主！」

「啥？」「啊？」叒天和我都疑惑地看著叒浩然。

叒浩然重重咳嗽兩聲道：「雲非雪國母的地位將不會動搖，而你，卻已經不是國主的最佳人選！」

「那會怎樣？」叒天焦急地問道。

「會怎樣？就是如果你不是國主，那雲非雪嫁的，就不是你！」

「哈哈哈……」我笑了，而且是脫口大笑，笑得一旁的叒天一臉鬱悶，我笑道：「報應，真是報應！哈哈，這次輪到你啦，哈哈哈……那候選人還有誰？」

旲浩然的臉上也帶出一抹笑意，那抹笑容裡還夾雜著一絲幸災樂禍：「神主看在旲天是為了殉情，所以再給他一次機會，讓他和另外兩個候選人共同治理幽國，然後根據他們的表現，以及在百姓中受歡迎的程度，做出最後的決定。」

「到底是誰？」這下輪到旲天急了，我從沒見他如此慌亂過，他一直都是跩得要命，事不關己的臭屁樣。

「陽兒和糜塗。」

「什麼！」

居然是他們，這下可有好戲看了。

「在雲非雪前往佩蘭執行任務的時候，你和他們的考驗就正式開始，這也是神主的意思，他知道雲非雪的存在會對你們三個帶來負面影響，無法讓你們正常發揮實力。」

原來如此，也對，我如果待在這裡，旲天肯定搶第一不會好好幹活，旲陽說不定還會吃醋，而我的糜塗阿爹自從看到上次旲天從我房間走出來的那一幕，就一直對旲天懷有敵意，看來我的確不宜留在這裡影響他們。

「雲非雪，如果最後不是天兒獲勝，妳不會放棄國母的職責吧。」

「當然不會！」我笑著，坦然接受了旲天的狠瞪視線：「國母這麼好，幹嘛不當？所以旲天，你要加油哦。」

「哼！沒良心的女人！」旲天咬牙切齒地看著我，我笑道：「多謝誇獎。」

於是乎，我終於撇掉了所有的男人，獨自走上了前往佩蘭的路……

「哈啾！」天很冷，冷得我直打哆嗦，坐在白馬上，我開始後悔。當初為了拉風，為了感受一下白馬公主的神氣，我選擇了騎馬離開幽國。因為電視劇裡的大俠都是騎馬的嘛！

是，這馬是千里神駒，而且美得像獨角獸，可我卻忘記現在是冬天，騎馬就像騎摩托車，這人包馬，註定要一路喝西北風喝到佩蘭。

「哎……我怎麼這麼虛榮！」是，我很虛榮。

出幽國的時候我故意通知了每個認識的人，造成十里長街相送的感人場面。現在幽國無一不知我雲非雪，每個都知道我暴走很恐怖，會帶來世界末日。就連冥聖都帶著傷出來「相送」，估計是希望我早點離開，看著他臉上那一條條抓傷，心裡就解氣，舒坦不少。

那時的我，別提多神氣了。因為神主在袒護我，這完全是顯而易見的事。我可是將幽國鬧翻天，還重創冥聖的麻煩人物，但神主沒有處罰我，卻處罰了冥聖，哈哈，我有神主和魅主這兩個靠山，看你們誰還敢欺負我。

不過現在，我虛了，徹底屈服在北風的淫威下。腰不直了，臉也垮了，眉也皺了，髮飾也吹亂了，等七天過去，到了臨界小鎮的時候，我已經狼狽得不成樣子了。

看著白馬都快變黑馬，我徹底大嘆了一口氣：「哎……」

白馬蹭了蹭我的臉，安慰了我一番。我摸了摸牠原本雪白如今帶著塵土的鬃毛，想起了小妖。可憐的小妖，還在家裡養傷，如果牠知道我出任務，一定會強烈要求加入吧。

不過即使牠健康，我也不會帶上牠。就如斐崳說的，帶上小妖，容易暴露身分。

說到身分，嘿嘿，我這次可是聖使的身分，一身雪白的袍衫，不染半點塵埃，頭上戴著連著面紗的帷帽，讓我變得神祕。

當然，面紗下也不是我的臉。這麼多熟人，我怎麼混啊，自然要易容一番。

俗話說西北風，似鋼刀。幸好我臉上貼了層皮，不然可憐我那小嫩臉要受摧殘了。我臭屁的小嫩臉啊，這是我到了這個世界唯一比較滿意的事，穿越後白白年輕了五歲，肌膚也回春了，不用花錢換來的美麗誰不喜歡？

一路無事，心裡是對水無恨和拓羽的擔憂，還有對上官也放心不下。聽爂天說，上官因為上次小產事件而早產了（時間提示，上官是六月上旬懷孕，到次年一月是八個月左右），聽說產下了雙胞胎，雖說雙胞胎早產本就是常事，但還是替她的身體擔心。她不好好養身體，跑到佩蘭去幹什麼？難道也是為了見思宇？

算算日子，拓羽和上官是在不久前出發的，說不定還是我會先到佩蘭。懷著與上官、思宇重逢的興奮，可謂是快馬加鞭。當初出來的時候，爂天特地給我畫了一副傻瓜地圖，上面的路線清晰易懂，而且暢通無阻，我幾乎花不到半個月，就趕到了佩蘭與幽國的邊界：相思河。

牽著馬等在相思河邊的碼頭。這個碼頭也相當於佩蘭國出入境的關卡。微風徐徐，發現越往東，天氣倒越是暖和。

「通行證。」關卡的士兵喊著，我拿出了通行證，他掃了一眼就放我通行，五國現下和平共處，所以守關並不嚴。

今日可謂是萬里無雲，是入冬以來，我碰到的最好的天氣。之前兩個月，幾乎都待在谷底，上皇城的機會也少有，即使上去，偏偏遇到的不是大風就是大雪。不過昨日已經進入了立春，這天氣自然晴朗起來。

又是春天啊……心中無限感慨，想當初我們三人到這個世界的時候正好是春暖花開，不知不覺已是一年，她們現在好嗎？

「請讓讓。」身後傳來一聲低沉的男音，我趕緊讓到一邊，方才自顧自回憶往事，居然把碼頭的路給堵了。

有點不好意思，欠身站到一旁，男子從我身旁擦過，一絲熟悉的氣味滑過鼻尖，我看著從我身旁走過的男子，出了神。

好熟悉，為什麼這麼熟悉？

男子長得很普通，但身材很是挺拔，看著他的背影，那熟悉感越來越強烈。

我向來記性不錯，可以過鼻不忘，可是一時間卻又想不起是誰，因為那男子我的確沒有見過。

這裡是各國通往佩蘭的唯一渡口，可以說是各國通往佩蘭官道的交接點，說不定能碰到熟人。

「開船囉——」船夫高喊一聲，我趕緊牽馬上船。

船上不少女孩子都頭戴帷帽，所以我在她們之中並不顯眼。

見沒有了大風，我摘下了帷帽，我不喜歡裝神祕，我還覺得戴著帷帽很累贅，既看不清道路，又影響視覺。

看著萬里無雲的天氣，心情也是非常好，懶洋洋地伸了個懶腰，我有多久沒曬太陽了？那個幽國不是霧就是雪，外加一個森林還是冤魂繚繞，從那裡出來我才感覺到自己是個活人。

「少爺。」身旁傳來談話聲，我撇眼看去，原來是剛才那個男子，他身邊還有一個小書僮，書僮長得很白淨，身高與我一般，一眼瞟見書僮的耳洞，我不覺淺淺一笑，原來是個女人。

「少爺，外面風大，請進船艙。」書僮恭敬地說著，無奈那少爺只是深凝望著遠處的白雲。

「小蓮，別亂跑。」

身後跑來一個六歲左右的女娃兒，紅通通的臉蛋在陽光下像個熟透的蘋果。這種船僅僅用作運輸，所以人大多坐在船的甲板上，小孩子亂跑也是常有的事。孩子嘛，很少是安靜的。

小女娃笑著朝我這個方向跑來，後面跟著她的娘親。忽然，小女娃重心不穩，身體一歪就朝我摔來，我慌忙抱住了她，她在我懷裡咯咯直笑。真是可愛，我忍不住抱起了她，笑道：「小心哦，摔著可是很疼的喲。」

「咯咯咯咯。」小女娃還是咧嘴笑著，她的娘親匆匆走到我的面前，抱歉道：「真是對不起。」

「沒事沒事，小孩子嘛。」我撓了撓小女娃的身體，小女娃笑得越發歡悅，我和孩子的娘親都笑了，這女娃兒的確惹人愛。

逗弄了好一會兒，我才捨不得地將女娃兒送還給女娃兒的娘親，回首間，卻對上了那男子的眼神，他揚起一個淡淡的笑容，我也還以微笑。然後他繼續看他的雲，我繼續看我的天。

「喂！聽說了沒。」船上的人開始閒聊，打發無聊時光。

「什麼什麼？」

「影月國向佩蘭國的柳國主提親啊。」

「啊？哈哈哈哈……聽說了聽說了，這實在太有趣了，一個男人被女人看上，還要搶回去做妃，這個影月國實在太讓人匪夷所思了。」

「有什麼好奇怪的，這影月國也存在百年有餘，而且搶俊美男人的事古已有之，這影月國的女人可不好惹。」

「不好惹？女人有什麼好怕的？」

「噓……你不要命啊，沒聽說過那句古話？」

「什麼什麼？」眾人湊到了一起。

「寧得罪小人，也別得罪影月國的女人！想當年，影月國用神器將雲國十萬大軍殲滅，你說她們厲不厲害？」

「是啊，我也聽說了。」

「那不是全天下的女人都要進入影月國？」

「哪有那麼容易，我跟你們說，她們選子民比考狀元還難。」

哼……我不由得笑了。廢話，這個世界遵循三從四德的女人怎麼有資格進影月國，即使她們進去，也不會適應。

「那柳瀾楓怎麼辦？」

「我可聽說了，柳瀾楓特地舉辦海鮮盛宴，拖延那影月國的國主，然後等人來救援。」

「誰？」

說話的人左右看了看：「聖使。」

「什麼？真有聖使？」眾人都驚訝得瞪大了眼睛：「我還以為是傳說呢。」

「那聖使長什麼樣？」

「聽說是一身白衣，美麗非凡，還有一對白色的翅膀。」

得，變天使了。

「反正不像人……」

無語，不像人像什麼？

「神仙啊……」眾人露出神往的神色，我不由得搖頭輕笑，看著面前越來越近的堤岸。

一陣微風撫過，帶來一絲味道，那味道立刻讓我全身緊張，甚至每一個細胞都進入戒備狀態。

那味道我太熟悉了，簡直是無法忘記！

那正是夜叉的味道，那個一直要置我於死地的女人，我怎麼可能忘記？

三、佩蘭

夜叉的味道雖然轉瞬即逝，但我知道，她一定就在船上。

慌忙看了看左右，不見可疑的人影，卻發現方才站在自己身邊的主僕已不見蹤影。找尋了一下，原來他們去了另一邊。剛才那對主僕站在我的下風位，所以我聞不到他們的味道。

心跳莫名地加速，我不禁朝他們走去。

又是一陣微風，帶來夜叉的氣味，那一刻，我怔愣在原地，緊緊地盯著那對主僕的背影。

那味道正是從那書僮身上發出的。如果那書僮是夜叉，那麼在她身邊的，只有他……

難怪我會覺得他熟悉，難怪他的味道讓我出神，是他——水無恨。

懷中的赤狐令隱隱發熱，那一陣又一陣的熱度宛如柳月華的心跳，她在激動，她在為見到水無恨而激動。

「不是時候！」我輕聲道。赤狐令的熱度漸漸消退下去，我揚起臉卻撞到了他的視線，不知是不是因為知道他真實身分的緣故，我顯得有些慌亂，只有趕緊避開他的視線，匆匆走回甲板，坐在眾人之間。

他察覺到了，他武功這麼厲害一定察覺到我方才盯著他，所以他會回過身看我，而我慌亂的神色定會引起他的懷疑。罷了，就當是女孩子害羞，他應該不會多想吧。

熟悉的味道越來越近，我該怎麼辦？我和柳月華的心，都怦怦地跳著，我按住了赤狐令，暗想：可別選在這個時候上我的身，那多糗啊。

一個女人突然站起來，抱著另一個比她大不了多少的男子喊兒子，光想像都覺得丟人，估計水無恨會比我更鬱悶。

「姑娘，我們認識嗎？」易了容的水無恨在我面前緩緩蹲下，看著我。真是有趣的會面，彼此互相認識，卻都戴著陌生的面具。

我抿了抿唇，裝作害羞地埋首搖了搖頭。

水無恨不再說話，只是在我身邊坐下，夜叉就坐在他的身邊，我心裡發寒，偷眼看夜叉，一直不知道她長什麼樣，很是好奇。

其實按道理，我應該不用怕夜叉，現在我跟她打起來，誰贏誰輸還很難說。

夜叉儘管沒戴著面具，但易了容的她還是一臉嚴肅，沒有半絲表情。這樣的女人誰會喜歡？難怪水無恨不愛她，可憐的女人。

「怎麼？姑娘認識我的書僮？」水無恨微笑著問我，發現此刻易容的他，比起水無恨、紅龍都還要平易近人，或許這就是易容的好處。

我再次搖了搖頭，依舊裝作害羞的樣子咬著下唇看著書僮，然後，我怯聲道：「她……是不是女孩……」

夜叉雙眼立刻射出一道寒光，我慌忙躲到了水無恨的身後。真有趣，沒想到自己裝清純小姑娘還挺在行。

「呵……」水無恨輕輕地笑了，溫柔地看著我，宛如在看一個孩子：「妳是怎麼看出來的？」

「她……這裡……」我指著自己的耳朵，「有耳洞……」說完，我再次害羞地看著水無恨。

水無恨微微點了點頭，回頭看著夜叉的時候卻是一臉的陰寒，沉聲道：「下次注意。」

「是……」夜叉埋下了臉，宛如做了什麼天大的錯事。

船晃動了一下，緩緩靠岸，眾人站了起來，準備下船。

奇怪的事發生了，有一隊士兵上了船，為首的是一個身著軍裝的男子。

船上立刻變得鴉雀無聲，好奇地看著這位年輕的將領。

他來到船上掃了一眼，似乎在找人。忽然，他恭敬地對眾人行了個禮，大聲道：「請問聖使可在船上，本將特奉國主之命前來迎接。」

頓時，船上一片譁然。

「什麼？聖使就在這條船上？」

「天哪！究竟是誰？」眾人面面相覷，似乎在問是你嗎？是你嗎？

嘿，有趣，我本還在想怎麼跟柳讕楓會面，沒想到他派人來接我了，看來神主應該已經通知了柳讕楓。估計這柳讕楓也心急，才會這麼勞師動眾地專程派人來接我。

是要現身還是隱藏？我猶豫了一下，最後決定還是儘快處理柳讕楓的事，可以有更多的時間留給柳月華和水無恨。

於是我不慌不忙地站起身，身旁的水無恨疑惑地看著我，我對著他微微一笑，全然沒有了方才的羞怯，我的改變讓水無恨和夜叉都有些驚訝。

緩緩走出人群，眾人將目光聚集在我身上，那少將疑惑地看著我，我淡淡笑道：「那就有勞了。」

「妳！」少將顯然不相信我就是聖使，我嘴角微揚，眼神滑上他的臉，道：「怎麼？有問題嗎？」

「我以為聖使是男的……」

「呵……搶你們國主的是女人，那聖使是女人又有何不可？」我的話引起船上人的輕笑，那少將的臉色一下就白了。

「還不走？」我提醒還在發呆的少將，他立刻低首讓路。我回頭看了一眼水無恨和夜叉，水無恨雙眉緊皺，一臉冷然。

無恨，我們不久還會見面的……

佩蘭國是一個處處見水的國家，淵源大河，小橋流水，精巧的水上竹屋，少見的人行道路。才剛下船，我就又上了柳讕楓派來接我的龍舟。坐在龍舟上，別有一番滋味，感覺有點像到了威尼斯。

而在龍舟上，我見到了一個熟人，就是柳讕楓的妹妹柳讕麗，她會出現在龍舟上，多半是對我這個聖使的好奇。

「妳就是聖使？」柳讕麗背著手在我身邊轉圈，一年沒見，她還是老樣子，一點都沒長大。

我微笑著點頭：「怎麼，不像嗎？」

「不是說聖使都很漂亮嗎？」

嘖，鬱悶。我只是為了低調才找了張普通的面具，早知道就易成大美女了！不過要是真易成了絕世美人，在面具撕掉之時，會不會反而讓很多人失望呢？嗯……還是普通點好。

我依舊回以微笑，抬眼間，我看到了一個熟悉的身影，那是一個孕婦，正憑欄餵魚。那熟悉的圓臉現在變得比印象中更圓了，胖胖的身體展現著孕婦特有的美麗。

是思宇！我差點就喊了出來，努力忍住飛躍過去抱住她的衝動，我壓下了因為激動而怦怦直跳的心。不是時候，現在還不是相認的時候，至少要在柳讕麗不在的時候。

「哈啾！」思宇忽然打了一個噴嚏，讓我忍不住替她擔憂，這女人也真是的，挺個大肚子還在外面吹風。韓子尤呢？這個傢伙去哪兒了？

正想著，屋子裡面就匆匆跑出了身著藍色衣衫的韓子尤，他迅速用裘皮的外氅包裹住思宇的身體，似乎還責備了她幾句，隨即寵溺地將她攏在懷裡，扶回了房間。

看著他們消失在眼前，心中溫暖無比，思宇算是嫁對人了，只要她幸福，我也就安心了。相認的事還是緩一緩吧，看她那個肚子也不小了，要是因為激動而動了胎氣就不好了。

柳讕麗依舊用狐疑的眼光看著我，似乎不相信我就是聖使，她嘟著嘴看了我老半天，才說道：「妳大概真的是聖使吧，因為妳的馬好看。」

「呵呵……」我只有乾笑。

龍舟輕搖，來到了皇城的底下。那威嚴的皇城建造在一片水域之上，面前的閘門漸漸拉開，整艘龍舟就駛進了內河，還沒看清兩旁的景物，就看見前面的碼頭上，正停著另一艘龍舟，有人正從上面下來。

恭候在碼頭邊的宮女們，都恭敬地垂首而立，我看著越來越近的碼頭，不由得笑了，這次可真是看見老朋友了。

只見從龍舟上下來的，正是拓羽和上官，上官的臉色有點蒼白，看上去氣色不怎麼好，平靜的臉上卻顯著疲態。

原本上官就比我和思宇長得老成，此番卻是比我們都顯老了，長期的勾心鬥角消磨著女人的青春，女人只有在開心的狀態下才能青春常駐，就像思宇，方才見到她的時候，反而覺得她更漂亮了。上官過得一定很辛苦吧。

拓羽一手扶著上官，從龍舟上緩緩而下，意外地，我居然看見了夜鈺寒和水嫣然。拓羽和夜鈺寒同時離開蒼泯，這可是少有的事，除了先前要將我從北冥家接回沐陽那次。那時拓羽也是喬裝打扮微服私訪，不像這次是正裝出巡。這有點奇怪，他們又有什麼目的？

算了，懶得想，還是先把正事解決再說。

拓羽四人上了岸，似乎是剛剛遊玩回來，因為隨行的還有佩蘭國的官員。

佩蘭的服飾與他國不同，很簡潔，上衣是上衣，褲子是褲子，一目了然，不像我們穿的長袍馬褂，通常他們也就只有在隆重的活動時才穿長袍，當然是精美的華袍。

在他們還沒離開的時候，我的船就靠上了岸。

柳讕麗還是跟以前一樣頑皮，船還沒停穩就躍下了船，我看了白馬一眼，白馬也躍起，如同獨角獸從天宮降臨，那一刻，他白色的鬃毛在陽光下閃現著琉璃般的異彩，看得柳讕麗驚呼：

「哇……」

白馬還故意在空中甩了甩牠的白色鬃毛，呃……這馬還真夠悶騷的。我無奈地翻了個白眼，卻看見岸上拓羽他們都看向了這邊，應該是柳讕麗的驚呼引起了他們的注意。

船穩穩靠岸，少將先躍下了船，我在船上才知道他叫郭世鑫，柳讕麗通常叫他小鑫。郭少將向我伸出了手，似是要扶我，我笑了笑，自己走了下去，然後郭世鑫就開始在我身邊叨叨絮絮：「是先見陛下還是先休息？」

聽著他謙卑的語氣，我想我也就不用客氣了，便道：「先休息，這段時間我不會見任何人，包括你們的國主柳讕楓，我必須養足精神，才能對付趙靈。」

「是……」郭世鑫皺著眉，那一翻一翻的眼神似乎對我很不服氣。而在一邊負責陪同拓羽的官員卻忽然偷偷跑到郭世鑫的身邊，小聲問道：「聖使？」

郭世鑫不說話，只是點了點頭，我看著那個官員，淡淡道：「你還是做好你自己的工作，別冷落了蒼泯來的客人，他們可是國主和宰相。」我的話說得並不響，但也足夠讓每個人聽見，拓羽四人立刻驚訝地看著我，我只是對著他們微微一笑，然後帶著郭世鑫從他們身旁漠然走過。

心裡暗爽了一把，我早就想像這樣跩跩地從拓羽他們身邊走過，正眼都不瞧他們一下，誰叫你們以前都欺負我？現在我可神氣了，哼！

我記得熒浩然說過，聖使是相當於神的存在，所以不用在世人面前表現謙卑，否則會降格。

白馬乖乖跟在我的身後，得意地昂著牠的馬腦袋，也不看拓羽他們一眼。

柳讕麗好奇地走在白馬身邊，盯著白馬就差沒掉口水，我笑道：「喜歡就坐坐。」她的臉上立刻溢出欣喜，而白馬也聽話地站住了腳讓柳讕麗上馬。

於是，大道上就出現了一幕奇怪的景象，我與郭世鑫走在前面，而作為蒼泯國主的拓羽，卻跟在我們的後面。

「聖使到底是聖使，什麼都知道。」一句輕聲話語飄入我的耳朵，經過種種鍛鍊，我的五覺現在變得靈敏至極。說這話的正是那個陪同拓羽的官員，他這輕輕的感嘆應該是自言自語，估計是佩服我知道拓羽的身分。

「聖使？」此番說話的是拓羽，「原來她就是聖使……」拓羽發出一聲感慨。

「皇上，你看我們要不要……」這聲音是夜鈺寒，他又想幹嘛？

「不了，我們自己的事要自己解決。」拓羽的聲音有點冷，估計是看我不順眼。儘管如此，我覺得此刻的拓羽是正常的，不像上次在樓閣裡，那次的他一定是哪根神經搭錯了。

一路上都有侍衛守護在道路兩旁，快接近威武的宮殿時，我和拓羽他們分了道。皇城的宮殿也漸漸映入眼簾，我不由得暗自驚訝了一番。那白色的圓柱，方形的屋頂，像極了古羅馬的風格，讓我覺得好像到了《聖鬥士星矢》裡雅典娜的宮殿。

當然，這份驚訝我並沒有表現出來，因為我是聖使，怎能在他們面前一驚一乍？沒想到在幽國待久了，我也學會他們的裝模作樣了。

稍稍鄙視了自己一下，迅速鑽進柳讕楓給我安排的客房好好休息，再一次交代我不見任何人，在關上房門的那一剎那，我聽見郭世鑫的低語：「聖使真是個怪人。」

我真是怪人嗎？我只是不想這麼早就看見柳讕楓罷了，那個讓我倒胃口的男人啊……

不過也確實是累了，這一睡便到了晚上才醒，我做了簡單的梳洗之後就換上一套簡便的深藍色衣服，從後窗躍了出去，因為門口有聽候的宮女，不方便。

躍上城牆，想跳的時候卻發現下面是護城河，鬱悶了，忘記這皇城本就鑄造在內河之上。大冬天的我可不想游泳。正發愁時，一陣聲響傳來，鐵閘開啟，從內河中駛出了一艘龍舟，龍舟上燈火通明，絲竹音樂不斷。

我好奇地看了看，看到一個深紫的身影，他佇立在船頭，臉色相當難看，原來是柳讕楓。看見他的那一刻，心底湧起一陣難以抑止的笑意，因為我看到了站在他身旁的一個女子。

那女子眉清目秀，小小的瓜子臉卻透著特殊的英氣。而在她的身旁，站著兩名白衣的女子，女子身著軟甲，腰間各有一柄長劍，而她們身後，是四個身著黑衣，面戴面具的男子，看這架勢，那神氣的女子定是影月國國主趙靈了。

這影月國雖然是女人國度，卻是和幽國相同的民主選舉制度。當我冒充影月國公主的時候，那北寒的軍師沒有懷疑，因為上一屆影月國國主的確姓雲，這趙靈是最近剛選出來的，心性不定，才會耐不住做國主的寂寞，跑出來遊歷各國。結果，柳讕楓就這麼倒楣地被她看上了。

有趣，看那趙靈眉眼間的霸氣，讓我想起了劉曉慶扮演的武則天，當女子的柔媚和作為帝王的威嚴相結合的時候，卻是一種難以言喻的魅力。

船開到我面前的時候，我順勢跳上了船，趴在頂上一邊欣賞夜景，一邊聽趙靈和柳讕楓的談話。

「楓楓，外面冷，容易著涼。」一陣哆嗦，楓楓咧……肉麻。

柳讕楓並沒有理睬趙靈，趙靈嘴角含笑：「聽說你請來了聖使，怎不見她的人影？」

「她在休息。」柳讕楓正眼不看趙靈，只是沉聲說著，卻引來了趙靈輕蔑的笑：「休息？我聽說她一到這裡就躲進了房間，連你都不見，我看，是怕了我吧。」

「哼……」

「聖使又如何？難道有我們的神器厲害？」趙靈自豪而驕傲地說著，言詞裡隱隱透露著威脅。一旁的柳讕楓雙手握拳，甩過臉看向趙靈的時候，卻露出一絲陰笑：「妳認為我是真的怕妳嗎？我只是不想動用武力，傷及兩國百姓罷了。」

柳讕楓不卑不亢的神情宛如在說：我誓死不從，再逼我我就打妳！

趙靈的眼睛在夜空下閃閃發亮，帶著挑釁，這趙靈其實有點像柳讕楓。眼前出現一座橋，在龍舟經過橋洞的時候，我躍到了橋樑上，龍舟漸行漸遠，看來趙靈並不是痴情於柳讕楓，而是和這批男人一樣，愛收集美人。在這一點，無論是男人做國主還是女人做國主，都是一樣。

冷冷看了他們一眼，從橋樑上躍到了一邊的橋墩，然後上了岸，混入人群之中。

今夜的佩蘭似乎特別熱鬧，岸邊華燈閃耀，男男女女都行色匆忙。在河邊一處舞臺上，正表演著佩蘭當地的舞蹈。面戴詭異面具，手拿各種海鮮的女人似乎在向上天祈禱。

憑著上午的記憶，我來到了一座宅邸前，宅邸白牆黑瓦，寬闊的門楣上掛著一個大大的金漆大匾：韓府。

柳讕楓並不知道思宇就住在他的國家，因為思宇在這裡從未露過臉，她是真真正正做了一個主內的賢妻。在生意上，她給韓子尤出謀策劃，在生活上，她合理分配家僕，將韓府上下打理得井井有條。而今她又懷有身孕，更不會出外亂晃，就算她想，韓子尤也不會同意。

拍響了門，一位老奴打開了門，禮貌地問道：「請問您找誰？」

我笑了：「通知你家主人，就說女主人的死黨來了。」

老奴禮貌地向我行了個禮然後進去通報。

時間在靜謐中流逝，這看似短短的幾分鐘，卻如此讓人心焦。

「啪噠啪噠啪噠。」裡面傳來一陣急切的小跑步聲。

「思宇，慢點，慢點。」

是啊，慢點，不用這麼急。忍不住為她的寶寶擔心，面前的門被豁然拉開，思宇神情複雜的臉出現在我的面前，當她看見我的那一剎那，她愣了一下，隨即撲到我的身上，將我緊緊擁住。

身旁的韓子尤看著我的臉，良久才道：「妳……倒是聰明。思宇，快讓客人進來。」

思宇放開了我，緊緊挽著我的胳膊，當進入宅邸的時候，思宇就劈裡啪啦開問了：「妳這半年去了哪兒？妳怎麼會易容？妳是跟隨風在一起嗎？斐崳他們好嗎？還有，還有……」思宇一時亂了方寸，急得跺腳，「該死，我又忘記要問什麼了。」

「呵呵呵……」韓子尤幽幽地笑了起來：「妳呀，是見到非雪太激動了。」

我也跟著韓子尤笑了起來：「是啊是啊，慢慢想，今天我把時間留給妳，讓妳好好審問我。」

思宇圓圓的眼睛閃閃發亮，彷彿已經準備好要徹底「拷問」我。

四、三星相會

在進入屋子後，我將這半年的經歷大致都跟思宇說了。我沒有告訴她那些讓人不愉快的事情，而且礙於韓子尤這個【天目宮】成員的存在，所以我盡挑些開心的雞毛蒜皮事說，不過即使是那些小事，也讓思宇驚得大呼小叫，感嘆我命運的離奇。

「太不可思議了，那非雪妳真的已經會輕功了嗎？」

「嗯，還有易容啊。」我指著自己的臉，頗為得意

韓子尤聽罷問道：「那非雪此次來佩蘭是不是還有其他目的？」不愧是【天目宮】的二當家，擁有特殊的職業敏感，「我聽說聖使今日到了佩蘭，莫不是……」韓子尤看著我，飽含深意。

我淡笑道：「子尤你想說什麼？」

「呵，沒什麼……難得妳遠道而來，我就不打擾妳們姊妹敘舊了。」說著，韓子尤起身離去。這韓子尤也很識趣，已經猜到我的身分也不明說，是怕我的身分給他們帶來麻煩吧。畢竟他是【天目宮】成員，知情不報就是失職，與其難做，不如裝作不知。

思宇見韓子尤離開，做了一個鬼臉：「算你識相！」然後她緊緊地盯著我：「妳真的是傳聞中的聖使？」

我鄭重地點了點頭，然後將方才沒說的話全盤托出，聽得思宇驚訝得合不攏嘴。

「妳真的把柳月華帶來了？」我認真地點了點頭，思宇皺起了雙眉，「沒想到不是每個穿越女都能得到幸福，非雪，妳一定要幫她，她好可憐。」

「我明白。」

正說著，韓子尤再次走了進來，他一臉嚴肅，謹慎地看了看周圍，說道：「上官來了。」她也來了？我對思宇使了個眼色，便進入內房邊的玄關迴避。上官此行目的不明，還是先別接觸她比較好。

不一會兒，空氣裡就出現了上官的味道。她今日身穿深色斗篷，將整個人藏入斗篷之中，看不清她的樣貌，猜想她也是偷偷摸摸而來。

上官一進屋就放下斗篷，露出她欣喜的臉：「思宇！」她熱切的眼神卻換回思宇生疏的笑：「不知柔妃娘娘駕到，思宇有失遠迎，請恕罪。」說著就要一拜，上官趕緊上前扶住，一絲苦楚從上官的眼中滑過，思宇淡漠地看著上官。韓子尤帶上了房門，再次離去。

「思宇，妳好嗎？」上官關切地看著思宇，當看到她微微隆起的腹部時，上官笑了：「我一直在打聽妳和非雪的下落，現在終於找到了妳，看見妳過得幸福我真的很高興。」

「是嗎？」思宇淡淡地說著：「我還以為妳希望我們從這個世界消失呢。」

哎，這個思宇，說話總是這麼直。我看向上官，上官的眼中隱隱出現了淚光：「思宇……我是真的很想妳們，妳不要這樣好嗎……」

思宇輕笑一聲：「我怎樣了？」

「思宇，我錯了，我真的知錯了。」上官幾乎是用哀求的語氣：「我知道我當初做錯了許多事，連累了妳和非雪，但我真的很想念妳們，失去了妳們我才明白自己當初有多麼愚蠢！」上官的眼中溢出了淚水，她無助地看著思宇，「非雪說得對，我愛上了拓羽，所以我才會覺得身邊任何一個女人都會搶走拓羽，甚至是非雪……」

「妳這話現在說給誰聽？」思宇冷冷地看著上官，「妳以為妳哭我們就會原諒妳嗎？」

我愣了一下，曾經善良單純的思宇，現在也變得冷血起來，不過這樣也好，適度的冷血就是在保護自己。

「我……我知道現在說什麼都沒用了，這大半年我一直在找妳們，但我每次一有妳們的消息時，妳們都會再度失蹤。去年十月的時候，羽前往暮廖接非雪回家，但最後還是失去了她的蹤影。」

「哈，妳還會關心非雪？怎麼，妳不怕非雪搶了妳的拓羽嗎？」思宇，妳知道她在哪裡嗎？她還好嗎？」

上官眼瞼垂落：「怕……怎會不怕……」我愣住了，思宇立刻冷笑起來：「我就知道！那妳找她出來難道是想除掉她？」

「不！不是的。」上官焦急起來：「我是想找她幫忙，只有她才能解決蒼泯的危機，只有她……她若是能幫助羽，我願意……我願意……」

「妳願意怎樣？」

「我……我……」上官咬住了下唇，「我願意把羽讓給她！」

我暈，拓羽有什麼好，就算妳給我我還不要呢。

「啊？哈哈哈……哈哈哈……」思宇大笑起來：「妳以為非雪會要妳的拓羽嗎？她現在的男人

可是比……」思宇慌忙捂住了嘴，上官眼睛一亮就看向思宇。

我鬱悶，思宇又說漏嘴了，這女人啊……都要為人母了心性還是沒變。

「思宇，妳真的知道她在哪兒！她到底在哪兒？」

「妳找她到底要做什麼？」思宇戒備地看著上官，上官嘆了口氣：「自從非雪逃婚後，水家造反的趨勢日益明顯，他們屯糧養兵，製造兵器。羽明明知情，卻苦於沒有證據，而我已經盡了最大的努力幫助羽，可我知道在他心裡，真正能幫助他的只有非雪……」

那倒是，因為我是他們拓家最好的棋子。

「羽……」上官黯淡地揚起臉看著思宇，搖曳的燭光讓她臉變得越發蒼白，「他心裡愛的，其實是非雪……」

「什麼？」思宇驚呼起來，我聽得怔愣在陰暗中。

上官幽幽地轉過身，淚水輕輕滑過她的面頰：「非雪養過傷的龍床，他不再讓任何女人碰觸，他總是獨自躺在那裡，看著一旁……」

「一旁？」

一旁？難道……

「就是非雪曾經躺的地方……」上官的聲音開始哽咽。我的心開始莫名抽痛，如果上官說的都是真話，那我豈不是再一次上演柳月華的劇情？

不，不會的，那小子是因為沒得到我的心，所以一直放不下，或許是一種不甘。一定是的！

「怎麼可能？」思宇不解地看著上官，「是妳多想了吧，而且，若非雪真的回來，還不是要被妳男人利用，妳這不是在害非雪嗎？」

上官輕輕拭去淚水：「不會的，非雪這麼厲害，如果她能幫羽，那羽的江山只會更為牢固。」

「上官，妳太小看自己了。」思宇幽幽地笑了起來，上官的神情開始變得困惑，思宇緩緩說道：「妳難道沒聽說過三星傳說？」

「三星？」上官輕喃著：「是不是就是那得三星者得天下的三星？」

「正是。」思宇笑著：「我們就是那三星，妳是天將，我是天粟，而非雪就是天機，所以拓羽想得到非雪恐怕不是因為愛她，而是因為她就是天機。」

「什麼！」上官驚呼起來：「我怎麼不知道？為什麼？難怪上次他們提起三星的時候會如此遮遮掩掩，我們……我們就是三星！」上官不可置信地再次問著思宇。

思宇認真地點了點頭：「所以，妳不用再跟我打聽非雪的下落，我是不會說的。」思宇甩過臉，正好看見我，此刻上官依舊怔愣在一旁，我趁機朝她招招手，她扭回臉對上官道：「妳先坐一會，我去上個廁所。」

這兩個人，一見面不敘舊反而爭執，想想真是心寒。

上官緩緩坐下，茫然地看著地面，她似乎還沒從三星給她帶來的震驚中平靜。思宇跑到我面前小聲道：「什麼事？」

「幫我問問為什麼這次拓羽會和夜鈺寒一起出來……」

「好。」思宇頓了頓：「妳相信她的話？」

「再怎麼說都是姊妹一場，妳既然願意為柳月華叫屈，為什麼不能原諒上官？」思宇歪起嘴角，嘆了口氣，我繼續道：「如果我們從旁觀者的角度看整件事情，上官不也挺可憐？」

「哎……罷了，事情都過去了。」思宇輕嘆著然後再次走了出去，上官捧著茶杯依舊看著地面發呆，那淒涼的神情讓人心傷。

「上官。」思宇喊了一聲，挺著自己的大肚皮，踫踫地說：「妳生了沒？」

……暈，不生怎麼會沒肚子？這個思宇，還是和以前一樣沒頭沒腦，每次找話題當開場白都那麼無厘頭。

上官抬眼看了看思宇，臉上浮現一層暖色：「思宇也要生了吧……」

「嗯……不知道……」

我無言，這個思宇何時才能長大啊。

「我生的是雙胞胎，若不是……」上官雙眉微簇，她似乎想起了令她悲傷的往事，轉而她再次揚起了笑容：「思宇是不是想問什麼事情？」

果然，被上官看穿了。

思宇努努嘴，問道：「為什麼這次拓羽和夜鈺寒一起來佩蘭？他們都離開蒼泯，蒼泯不危險嗎？」

「不會。」上官的眼中滑過一絲精光，「我們做好了安排。思宇，妳怎麼會突然問這個？」

「那個……好奇囉。」思宇眼珠轉了轉，「我就不能好奇一下嗎？怕你們的老窩被人掀了。」

「我們就等著他們來掀。」上官笑了，我恍然明白，這叫請君入甕。現在拓羽沒有半點證據，不能定水酇的罪，只有引蛇出洞，擺一個空城計，引水酇行動。

那麼，他們知道水無恨已經來到佩蘭要刺殺他嗎？想想這事情真是鬧得一團亂啊……

「她是不是在這兒？」上官忽然站起身，思宇立刻道：「誰？誰在這兒？」

上官緩緩地看了一圈房間，眼光掃過我面前的玄關，她嘆了口氣：「好吧，既然天色已晚，我也該回去了，妳保重身體，別讓柳讕楓發現妳。」

「他？哈，他應付趙靈都來不及。」思宇的臉上是幸災樂禍的笑容。我在暗處笑著搖了搖頭，這個思宇啊，跟柳讕麗如出一轍，永遠長不大。

上官幽幽地笑了，眼中是經歷滄桑後的平靜：「那妳好好保重身體啊……」她緩緩地站了起來，思宇正準備相送，上官回眸笑道：「不用送了，這裡的醫療技術不是很發達，若要順利生產就要把身體養好。」思宇不置可否地看著她，上官戴上了斗篷，帶著她一身的傷痛離開了這個屋子，消失在朦朧的黑暗中。

我走出內屋，思宇笑著挽住了我的胳膊：「今晚留下來陪我，我要聽妳的故事。」正說著，韓子尤面帶憂慮地走了進來：「看來拓羽已經知道我們在這裡，不知柳讕楓會不會知道。」

「你怕什麼？」思宇撅起了嘴，韓子尤輕笑道：「不是怕，只是怕麻煩，都是妳惹的禍。」

思宇朝韓子尤做了一個鬼臉，我笑道：「不打擾你們休息。」

「什麼？非雪要走嗎？不嘛，妳不用理他。」

「不是，我是擔心上官，她一個人太危險。」

「非雪……妳怎麼總是在為別人著想……」

「呵呵……我沒妳說得那麼好，只是想透過她回皇城，她出來時一定有搭船。」

呵，所以我出來的時候搭柳讕楓的船，回去正好搭上官的船。

思宇噘著嘴，我忍不住捏了捏她的臉蛋：「等我處理完所有的事情再來看妳。」思宇這才放過我，可我沒想到今晚竟是和她在佩蘭的最後一面。

夜已深，街上罕有人跡，夜風帶著微微的涼意，讓三三兩兩的行人瑟瑟發抖。街道兩旁的燈光已經黯淡，一艘船停在岸邊，上官提裙上船，我隨即悄悄躍了上去。

船艙裡燈火通明，有一個人倚桌看書，正是拓羽，他平靜地看著，見上官進來柔聲道：「柔兒辛苦了。」

「妾身有負所託。」上官淡淡地說著，拓羽微微嘆了口氣：「罷了，我本就不抱希望，她已經失蹤了那麼久，寧思宇又怎知她的下落。」

「你這麼急著找她，是不是因為她是天機？」上官的口氣變得激動，她說完定定地看著拓羽，拓羽只是淡淡地皺起了眉：「柔兒，妳是從哪兒聽來的這種謠言？」

「你說到底是不是！」上官沒有回答拓羽的問話，只是依舊緊緊追問。我蹲在船艙外聽著，原來我是天機的事已在這個世界傳開。

「是不是？到底是不是？那我是不是天將？」

「柔兒！」拓羽忽然大喝一聲，上官一下子怔住，哀傷地看著拓羽。拓羽嘆了口氣，站起身走到上官面前，輕輕地攏住她的雙肩，「妳要知道，這是為妳好，妳知道得越少越安全……」

原來拓羽在努力保護上官，是啊，得三星者得天下，這拓羽已經擁有天將是包不住的事實，相信外界對他的壓力也相當大。

「天機和天粟都不知所蹤，柔兒，現在妳已經是外界的目標了，妳知道嗎？」拓羽深吸了口氣，「不如我們將天粟的下落散播出去，引開別人的注意吧。」

「不行！」上官從拓羽懷中離開，認真地看著拓羽，「我們不能這麼做！既然得天機得天下，那我們就一定要找到非雪！」

瘋了，上官居然陪著拓羽一起發瘋，她為了讓自己的男人得到天下，連我都要賣了！這女人已經愛得太深，毒入心臟，回天乏術。鼻間忽然滑過一絲熟悉的味道，渾身一個激靈，我站了起來，就在我站起的剎那，有兩人從空中落下，其中一個抽出了劍，劍光一閃就直刺我的咽喉。

靠！現在刺殺？有沒有搞錯！那不是連累我這個無辜？

我慌忙躍開，躲過了那人的劍尖，與此同時，船艙裡燈火瞬間熄滅，有人破窗而出。

寒光四起，拓羽從我身旁擦過，另一個黑衣人迅速抽劍與他打了起來。

我顧不上拓羽那邊，因為此刻我被那個身形矮小的黑衣人緊逼。我手上沒有武器，只有努力閃躲。那熟悉的味道讓我惱火，正是夜叉，而另一個，自然是水無恨。

燈光再次亮起，刀光劍影間，夜叉看清了我的臉，面紗下的她露出了疑惑的目光，但她的招式卻並未放鬆，依舊緊緊相逼。

船上的人都閃到一邊，這才發現船上也有不少人，護衛立刻拔刀前往拓羽那邊，但很快被水無恨擊退，我不由得鬱悶道：「什麼破功夫！」

「妳說什麼？」夜叉以為我在說她，立刻怒目橫掃，加快劍勢，我不緊不慢道：「喂！我只是個搭船的，你們要殺的是拓羽，何苦牽連無辜？」

夜叉不理我，我一邊閃躲她的劍招，一邊繼續說道：「哦～我明白了，還是那個規矩，不留活口是嗎？」劍勢一走，就橫掃我的腰部，我提氣躍起站到了船艙頂上，正巧拓羽也躍到了上面，與我背靠背，在那一刻，他愣了一下：「聖使？妳怎麼……」

「別開小差！」我推了他一把，將他從水無恨的劍招下推開，水無恨也是一愣，我趁他發愣的時候立刻說道：「你確定你現在做的事是對的嗎？」

身後傳來武器相撞的聲音，拓羽幫我擋下了夜叉的劍，啪！一掌，就支開了夜叉，而水無恨在我說完那句話後只是稍稍出了一會兒神，隨即再次舉劍朝我刺來，我迅速道：「你母親的死與拓家無關！」我說得快，多虧水無恨聽得清，他的劍在離我五公分處及時收住。我嚇出了一身冷汗。

他怔愣地看著我，身後一陣劍風，一把劍從我身側刺出，我眼明手快地扣住了拓羽的手腕，他手中的劍尖在離水無恨心臟的毫髮處停住。

「都給我住手！」我大喝了一聲，水無恨從怔愣中清醒，緊緊地盯著我，我扣住拓羽的手緩緩鬆開，他此刻就在我的身後，我甚至能清晰地感覺到他的呼吸。

「想知道事實就先停手，等我了結柳讕楓的事，我會等你來找我。」

「主人！」夜叉躍到水無恨的身邊，「別上當！」

水無恨的劍緩緩撤回，急壞了身旁的夜叉：「主人！」水無恨揚起了手，阻止了夜叉的話語。

「妳等我是嗎？」他沉聲說道。

我點頭：「嗯，我等你。」

他淡淡地將視線掃向我的身後，拓羽的劍依舊指著他的心臟，我立刻按下了拓羽的手對水無恨說道：「你走吧。」

感覺到身後的人氣息亂了，我挪了一下腳步，擋在他和水無恨之間。水無恨再次將目光放到我的身上，此番眼中卻透著一種淡淡的迷茫，他在看了我一會後便抽身離去，和夜叉一起消失在夜空之中。

「呼……」我鬆了口氣，剛才真是千鈞一髮啊。

正準備躍下艙頂，卻突然被身後的拓羽扣住了手腕，我不解地回頭看他，卻對上了他陰冷的眼睛：「妳為什麼要放走他們！」

我笑了：「因為你們之間根本不該有仇恨。」

「妳知道他們是誰？」

「我知道，但我不會告訴你，因為這對你沒有任何好處。」

「妳！」拓羽放開我的手舉起了劍，劍尖指向我的咽喉：「妳究竟是誰？」

我聳了聳肩，笑道：「我是聖使。」

冷冷的風中，我和拓羽對視著，他緩緩收回了劍，冷冷地看著我：「妳的任務是幫助柳讕楓，請不要插手我們蒼泯的事，要不是看在妳是聖使，我不會這麼輕饒妳！」說罷，他躍了下去，我哼地笑了，說穿了就是他不敢冒然與未知的神主敵對嘛。

大模大樣地跟著拓羽進了船艙，拓羽的臉鬱悶得一臉菜黃，而上官看見我的時候也是一陣驚訝。

「這……不是聖使嗎？」

「嗯。」拓羽冷冷哼了一聲。

「多謝聖使幫皇上擊退了刺客。」上官感激地說著，她的話立刻讓拓羽瞪大了眼睛，他當即將上官拉至自己的身邊怒道：「柔兒，妳謝錯了，若不是她，那刺客已被擒住！」

「什麼？」上官疑惑地看著我，我不由得笑了起來。

拓羽見我笑，更加氣惱：「而且她還知道那些刺客的身分，卻不相告，妳還謝她做什麼！」

「原來聖使真的無所不知……」上官認真地看著我。

忽然，她向我邁進一步，還道了個福，如此大禮把我一下子愣住了。

「如果聖使真的無所不知，請告訴我一個人的生死。」她認真地看著我，我眨了眨眼睛，立刻明白她問的是誰，我笑道：「放心，她活得好著呢。」

「那她現在身在何處？」一束目光投來，卻是拓羽。

「現在嘛……」我指了指南邊，上官再問道：「那她可是一切安好？」

「嗯，很幸福。」

上官鬆了口氣，笑了：「那我就放心了，我以前做錯了許多事，傷害到了她，知道她過得幸福，我就安心了。」拓羽的雙眉擰緊，眼中似乎燃燒著火焰。

「放心吧，過去的事都過去了，她不會怪你的。」我看著此刻的上官，心中也變得踏實，上官真的變了，至少她沒有變成老太后那樣。

「其實……我真的很希望能見到她，聖使妳能幫我嗎？」上官突然握住了我的手，熱切地看著我，她握住我的手越來越緊，彷彿在傳遞某種訊息，我不由得對上她懇切的視線，時間倒流，一切的一切都彷彿回到了那個春暖花開的季節，那個水王府的涼亭。

那天，我們也是如此兩兩相望，久久凝視，之後……她就利用了我……思緒拉回，我垂下了眼瞼：「萬事不必執著，有時相見不如不見……」

「我……」

船停了下來，我抽回了自己的手，上官的身體微微顫動了一下，宛如風中失去了依靠的小草，虛弱地搖曳著。

拓羽上前扶住了上官的身體，深深地注視著我，眼中是迷茫和疑惑。

我轉過身，走出了船艙。

是啊，相見不如不見，見到又如何？只會給自己帶來更多的麻煩……

拓羽、夜鈺寒、北冥……那些想得到天機的人們啊……

就讓雲非雪從此消失在這個世界上吧……

五、方城之戰

第二天一早，我就去找趙靈，雖然還沒想到對策，但這人還是要見的。見到趙靈，才知道怎樣隨機應變，見招拆招。

到她宮殿的時候，正碰巧她上早膳。一陣一陣香味衝入我的狗鼻子，讓我垂涎三尺，無視門口的男影，一股腦就往裡衝。

「站住！」男影在我身後大喊著，引起了裡面女影的注意，她們前來攔我，我腳下生風就繞過了她們，她們驚慌地緊追我：「大膽！這裡豈是妳能亂闖的地方！」雖然她們努力阻攔我，但當她們大喊的時候，我已經進入了殿堂，面前的長桌上正放著飄香的美食。

餐桌的正東位坐著趙靈，她微瞇雙眼，淡淡地看著我。然後她揮了揮手，將前來擒我的女影們遣下。她緩緩靠在椅背上，悠然道：「如果我沒猜錯，閣下就是聖使吧。」

「嗯。」我隨意應了一聲，然後指著早餐說道：「不介意吧。」

「啊？」趙靈愣了一下，隨即立刻明白我的用意，挑了挑眉，還做了一個請坐的姿勢：「不介意，請用。」

於是我就在她的注視下，一屁股坐在她的對面，她原本瞇起的眼睛立刻睜圓，顯然不相信世上居然會有如此大膽且厚臉皮的人。

我也不管她是驚訝還是疑惑，總之先填飽肚子再說。

整個大殿的氣氛變得尷尬而詭異，幾乎所有人都在那一刻表情定格，呆滯地看著我一個人吃飯。

等我吃飽喝足發出滿足的感嘆時，趙靈的臉垮了下來，一臉的鬱悶，我笑道：「趙國主不吃？」

「靠……」一個熟悉的單字從她嘴中吐出，瞇著眼壓抑著她的鬱悶，然後她瞪了我一眼，隨即開始大吃大喝。

估計是餓壞了，她的吃相可謂是風捲殘雲，狼吞虎嚥。此刻我已經吃著水果，悠閒地欣賞著她可愛的吃相。

在影月國，文化、行為、傳統都是祖輩流傳下來的，如果她們的祖先真是穿越時空來的，那她們自然受到了穿越女們的影響，再加上後期又有不少穿越女加入，所以在這個世界，影月國的人才是跟我最接近的。

趙靈最後優雅地用餐巾擦了擦嘴，手一揮，宮女便撤下了早膳。趙靈看著我，啜了口宮女備好的茶，淡淡道：「聖使此行的目的趙靈深知，但我不會做出任何妥協。」

「呵……一點餘地都沒有？」我開始跟趙靈談判，長形的橢圓桌子兩端，坐著我和趙靈，怎麼看怎麼像黑社會老大分地盤。

「沒有！」趙靈回絕得很乾脆，「別以為妳是什麼聖使我就會怕妳。」

「我也知道妳不會怕我，但我必須要跟上面交差。」我拍了拍面前的桌子，「大家都是出來混的，留條活路，這樣吧，我們比賽，總比打仗好。」我意味深沉地看著趙靈，她這麼聰明應該明白我也不會退讓，既然神主接下了這個CASE，當然是不達目的不甘休，就算動用武力解決也在所不惜。這種事在影月國歷史上不是沒有發生過。

趙靈的眉角抽搐了一下，臉上滑過一絲不悅，但她畢竟是國主，自然有國主的氣度。沉思一會兒之後，她揚起臉笑了，笑得狡黠而詭詐：「好啊。」

「那我們比什麼？」沒有我怕的，只有我想不到的。

趙靈秀美而有神的眼睛閃了閃，笑道：「我們就比這個。」說著她揚起了手，女影就取來一個精美的盒子。

我看到那盒子就皺起了眉，不會是要比圍棋吧，那可就糗了，看來要執行計畫B：耍賴。反正我臉皮厚，不怕。

趙靈看著我皺眉的樣子眼中滑過一絲得意，女影將盒子緩緩打開，劈裡啪啦倒了一桌，我在趙靈不注意的時候深吸了口氣，居然是麻將！

「這是什麼？」我裝傻發問：「好像很有趣的樣子。」

「這是麻將，是我國的一種博弈器具，不如我們就用這個來定輸贏。」

「呃……」我面露難色，此刻在宮內的宮女都好奇地靠了過來，有人還跑出去通知柳讕楓，畢竟這場博弈攸關他的「婚事」。

滑稽，在我們那個世界男人用麻將賭老婆，在這裡，今日我雲非雪居然和趙靈賭柳讕楓。

「這麻將是要四個人玩的，我們打三十六圈，最後誰贏的籌碼最多，就是誰贏，我選我的女影作其中一人，聖使可以自選一位當妳那一方的助手。」

「哦～可是，那要怎麼打呢？」我繼續裝傻，然後就看見趙靈翻了個白眼，開始跟我緩緩敘述麻將的打法，我聽得津津有味。

宮殿裡已聚集了宮女和太監，不一會兒，就有人讓開了路，柳讕楓陰著臉衝了進來，他看見我的時候沉聲道：「妳就是聖使？」

「正是。」我微笑著，笑得春風得意。一旁的趙靈立刻笑道：「楓楓你來啦。」

嗯……楓楓。

這下柳讕楓的臉色變得更難看了，他不看趙靈，依舊瞪著我：「我請妳來，是想解決問題，妳怎麼可以如此兒戲，只憑這……這東西就決定我的命運！」柳讕楓抓起了麻將就憤怒地扔在桌子上，麻將劈裡啪啦地掉落開來，趙靈在一旁忽然發出感嘆：「好有男人味啊……」

看著趙靈眼中的欣賞，我就忍不住發笑。這也難怪嘛，試想一個女尊男卑的國家，那裡的男人會有男人味才怪。

我笑道：「柳國主何須動怒？俗話說以和為貴，莫非你真想讓我跟眼前這位美女打起來？」

聽完我的話，趙靈笑得洋洋得意，她的確很美，如果不要那麼強勢，說不定柳讕楓會反過來搶她做妃子呢。

「趙國主，我們開始吧。」我不再理睬柳讕楓，趙靈笑看著柳讕楓：「楓楓乖，我一定會把你贏過來。」聽得柳讕楓差點吐血，他狠狠指著我：「早知如此，我根本不該向神主……哼！」柳讕楓袍袖一甩，就坐在宮女為他準備的椅子上。

淡淡一笑，看著面前的麻將，趙靈說道：「三缺一怎麼辦？」

我想到了上官，作為牌搭子，非她莫屬。

「我看見蒼泯的柔妃來了，不如讓她參加吧。」

「她？」趙靈笑了笑：「也好，她也不簡單。」趙靈在說這話時，眼中滑過一道精光，難道她也知道上官是天將的秘密？

不一會兒，上官便帶著疑惑的神情走了進來，大殿上又擺上了幾個位置，是給拓羽和夜鈺寒夫婦的。這下整個大殿就成了方城之戰的戰場，周圍都是好奇的觀戰人群。

「嘩啦嘩啦」麻將搓響，上官依舊一臉疑惑，她微皺雙眉看著桌面：「這……不是麻將嗎？」

趙靈嘴角揚起一抹邪笑：「果然是帶天字的人，認識麻將。」

「什麼帶天字？」上官迷茫地看著趙靈，忽然她似乎意識到了什麼，神情變得深沉。

我立刻道：「到底怎樣還不知道，何必故意挑起爭端？而且真正有價值的另有他人。」我這話是說給所有知道天機三星的人聽的。趙靈聽了後，咯咯直笑：「也是也是，那人聽說已經消失在這世上，不知聖使是否知道她的下落？」

城牆築起，我扔出了骰子，笑道：「知道又怎樣？不知道又怎樣？那是個女人，莫不是趙國主對女人也有興趣吧。」我打著哈哈，上官在一旁深沉地皺起了眉。趙靈看著我直笑，抬手就打出了個西，我毫不客氣地高喊：「碰！」

三個西風整整齊齊地擺在自己的左手邊，趙靈看著我俐落的動作，冷笑道：「莫非聖使本來就會打，剛才是故意裝傻？」

「怎麼會呢？這麼簡單的東西如果聽一遍還不懂，那我也不用做聖使了。」我眉眼含笑，趙靈冷冷地扯了扯嘴角。

一場無聲的戰爭就在麻將桌上打響，趙靈畢竟是我們穿越人的後代，又怎知麻將的真諦？這若算輩分，我和上官可是她的祖宗。

上官由最初的疑惑，繼而變得鎮定，到最後面帶微笑，打起來一點也不含糊。

就在三十二圈之後，趙靈露出了疲態，她看著面前越來越少的籌碼，恨恨地看著我，我淡笑：「承讓承讓。」

「妳確定妳真的不會？」趙靈瞪著我，我一臉迷茫：「今日才學會，還是趙國主教的呢。」

「呵……」一旁的上官突然發出一聲輕笑，我看了她一眼，她只是埋首看著麻將牌。

嘩啦啦嘩啦啦，靜靜的宮殿裡，是讓人緊張的麻將聲，而更緊張的是柳讕楓，他的臉呈土黃色，相當鬱悶，相信他有生以來也是第一次把命運賭在一桌麻將上，這或許是他生命中最恥辱的事。

我看著面前高高的籌碼，笑道：「趙國主真是教得好啊，還要繼續嗎？」

「要！」趙靈不甘示弱：「沒想到居然輸給了妳。」

「嘿嘿嘿嘿。」我壞壞地笑著，有點得意忘形，「那妳肯放過柳讕楓了？」

「哼！」趙靈悶哼了一聲，她瞇起了眼睛瞟向柳讕楓，我隨意道：「我很忙的，妳可別在我走後耍賴啊。」

趙靈再次狠狠瞪了我一眼，扔出了一個東風，最後以上官的小四喜結束了這三十六圈大戰。

整個殿堂變得沉寂，看得懂的與看不懂的都長長地吁了口氣。

「好！」柳謳楓突然在寂靜的宮殿裡大喝一聲，他輕鬆的笑容讓趙靈不甘心地再次狠狠瞪了我一眼。

我伸了個懶腰笑道：「既然如此，那我也該走了。」我站起身，在眾人疑惑的目光中離開，胳膊忽然被人拉住，卻是上官：「就這麼走了？」

「嗯，走了。」

「不留下……吃飯？」

「有事。」我簡單地答著，在拓羽和夜鈺寒深沉的注視下抽手而去。

聖使一向來匆匆，去匆匆，任務完成不作任何停留，這是民間對聖使的傳說，也是聖使本身的行為準則。

稍作了一下休息，推辭了柳謳楓的邀請，反正從今天之後也就不會再見到他。當然，還有一個更重要的目的，就是迅速離開皇宮，好讓水無恨方便來找我。

正收拾著行李，一個宮女忽然匆匆跑了進來，塞給我一張字條後便匆匆溜走。

我緩緩打開紙條，上官的字跡就映入眼簾：「龍舟見，上官。」

心情一下子變得沉重，上官還沒死心，她是非見我不可。

將紙條揉成團，決定去跟上官說清楚，免得她一再糾纏。這女人纏勁十足，我一日不離開佩蘭她就一天不放過我，難保她會回去告訴拓羽我的身分，讓拓羽也來纏著我。

鬱悶，這對夫妻真是……當局者迷啊，他們完全沒有注意到自己越來越像彼此了。

看看日頭，正是午飯時間，早上吃了趙靈的早膳，乾脆中午就享用上官的午膳吧。

佩蘭皇城的內河與外海連通，因此這內河的河水也帶著淡淡的鹹味。

一艘龍舟早早就停在岸邊，上官憑欄而立，眺望遠方。此刻正是陽光最明媚的時刻，可奇怪的是，照在她的身上依舊沒有半點暖色。

我提裙上船，她看見我便轉身進入船艙，船緩緩開動，離開了岸邊，朝另一扇閘門駛去，那裡是通往外海的通道。

上官靜靜地看著我，然後為我沏上了一杯茶：「此處沒有他人，妳真的不以真面目見人嗎？」她淡淡地看著我，緩緩坐在茶几的另一旁。

我嘆了口氣：「上官，妳這又是何苦呢。」緩緩取下人皮面具，上官的眼中滑過一絲驚訝，她看著我，久久無法回神。

「上官，我很快就會離開這裡，所以妳的請求我不能答應。」用真面目見上官，是對上官的尊重，儘管我與她之間發生了諸多不愉快，甚至到今天她還是帶著目的前來尋我，但畢竟我們曾經姊妹一場，又來自同鄉，種種情誼難以說斷就斷。

上官的眼神漸漸黯淡下去：「可是只憑我一個人的力量無法幫助羽。」

我不解地看著上官：「妳已經幫了他很多了，妳到底還要我幫他做什麼？」

「幫什麼？」上官抬起眼瞼認真地看著我：「幫他一統天下！」

我怔住了，原來她要的這麼多！

「做人不能這麼貪心，天下大統是必然的趨勢，可是不一定要你們去完成。上官，放棄吧，還是先解決內亂，再考慮將來的事。」我說道。

「等不了了。」上官輕喃著：「我等不了了，非雪妳知道嗎！」上官忽然握住了我的雙手，她的手因為情緒激動而顫抖。

「上官……」

「我能感覺到，非雪，我真的能感覺到！」上官雙目圓睜，擴大的瞳孔裡是她的恐懼：「我活不久了，我知道有人在害我，可是我真的……真的不知道是誰……誰？到底是誰？」上官的視線開始變得錯亂，整張臉蒼白得如同一張白紙。

我心頭一驚，慌忙安撫道：「別胡思亂想，不會的……」

「會的！有人，真的有人在害我！非雪，我現在記憶力越來越差，眼前總是出現幻覺，衰老的程度也越來越快，我中毒了，我一定中毒了……蠱毒，肯定是蠱毒！誰？究竟是誰！非雪，妳一定要幫我，我好怕，我好怕自己會死掉！」上官的淚水瞬即掉落，我穩住了心神，仔細端詳上官憔悴的面容。

她的確比半年前老了許多，當時我還以為是宮廷鬥爭所造成的，而現在經她這麼說，我也開始懷疑有其他原因。半年內，沒道理一個人會老得這麼快，她的眼角居然出現了皺紋，這對於她因穿越而回春的十七歲年紀，根本是不合情理的事情。

我走到上官面前，湊近她的脖頸，上官倏地愣住了，脖頸是人體氣味散發最自然的地方，她愣坐在椅子上，我提鼻子聞了一下，一股腐臭猶如青蟲被踩扁的味道衝鼻而來，我趕緊捂住了鼻子迅速跳開。

上官猜得沒錯，她果然中毒了。

我跳到一旁，那股味道實在刺鼻。

「非雪妳……」上官臉紅地看著我：「妳做什麼……」

我認真地看著上官，告訴她事實：「沒什麼，聞聞。上官，妳的確中毒了，而且就是蠱毒。」

上官聽罷頹然倒在椅子上，放在茶几上的手緩緩滑落，帶落了茶杯，茶杯落在地上，「啪」一聲碎了一地，如同人心碎裂的聲音。

「我只是猜測……只是猜測而已……」上官呆滯地輕喃著：「卻沒想到……是真的……呵呵……是真的……我要死了……哈哈……我要死了……」上官痴痴的笑容讓她美麗的容顏變得扭曲，我看著她近乎瘋癲的樣子感到心痛，她倏地站了起來，大喊著：「我要死啦，哈哈哈，我要死啦！什麼愛情，什麼權勢，什麼鳳霸天下，都見鬼去！都是騙人的！騙人的……」上官無力地在我面前跪下抱住了我的腰：「為什麼……為什麼到頭來我什麼都沒得到……非雪……這是為什麼……」上官嗚咽著，我沉默無語。

社會終究是社會，無論在我們的世界還是這個世界，我們都不會得到老天的眷顧，我們必須艱難地活下去，無奈地面對事實。

我扶起了上官，讓她坐在椅子上，她神情呆滯地開始喃喃自語：「為什麼……我以為來到這裡可以得到真正的愛情，過想要的生活，可是為什麼會這樣……到頭來，我愛的男人愛的卻是別人，榮華富貴也是過眼雲煙，自己險些在難產中死去，原本以為活了下來，卻又中了蠱毒，呵……我註定要死……」她忽地緊緊抓住了我的手，眼中布滿血絲，「非雪，求妳，看在我快死的份上，幫我達成願望，讓我成為鳳中之鳳！」

「真是胡鬧！」我大呼：「妳還是如此執著於權力嗎！我不會幫妳！」

「非雪！妳這麼狠心拒絕一個快死的人的祈求？妳……妳已經不是原來的雲非雪，妳好冷血，比我更加冷血！」上官悲痛地看著我，我怒道：「我不會幫妳什麼鳳霸天下的白日夢，既然老天讓我們重遇，我就不會讓妳死！」

上官瞬間愣住了，我坐在她的對面，認真地問道：「妳想讓妳的蟲子從嘴裡出來還是從其他地方出來？」

「什……什麼……」上官張大了嘴，似乎無法理解我的話，我想她也不會懂了，於是拔下頭上的髮簪，拉過上官的手，往她的手心狠狠紮了下去。

「啊！」上官縮回手，害怕地看著我，血潺潺地從她手中流出，「非雪妳幹嘛？」

我不理她，用髮簪劃開了自己的手指，將血滴落在桌子上，然後對上官道：「把手放回桌子上，別亂動。」

上官半信半疑地看著我，將流血的手放回了桌子上。

為什麼這麼做？因為我的血是天下蠱蟲最無法抵擋的美食，但也是牠們的葬身之處。就像食蟲花，用自己的香味引誘昆蟲，但花苞裡卻是昆蟲的墳墓。

這是後來斐崳告訴我的。就在我離開幽國之前，斐崳告訴我，我已經成了蠱人，所以作為神獸的小白才會如此懼怕我，因為牠也只是蠱獸，而我卻是天下蠱類的主人，在牠們的眼中，我就是神，是真正的蠱神。

我可以將蠱蟲的毒吸收，不過這過程很噁心，就是把蠱蟲引誘到自己的身體裡，我的血會自然而然吸收牠們的毒性。想想就恐怖，所以我至今未曾使用，誰喜歡讓蟲子爬到自己身體裡啊。

我一邊喝茶一邊等著蠱蟲從上官的體內爬出，上官依舊不解地看著自己受傷的手，那裡的血開始隱隱泛出青黑，代表蠱蟲已經接近那裡。

雖然我是蠱人，但因為我不學無術，所以也不知道蠱蟲的種類，反正在我的認知裡，蟲子就是蠱蟲，動物就是蠱獸。

聞到了那如青蟲踩爛的味道，我立刻往上官的手掌看去，只見一條黑黑的細線正從上官的傷口緩緩爬出，上官嚇得捂住了嘴巴，渾身顫抖不已。

「別動，動了牠就回去了。」我警告上官，她緊閉雙眼不敢再看那條細線。

細線不斷延長著，我驚嘆於這蠱蟲的形狀，牠不醜，就像一根普通的細線，差別只在牠是活的，會動，那細弱的身軀宛如只要輕輕一吹就會飄走。忽然，懷中的赤狐令發出不尋常的熱度，把我的小腹燙了一下，我心頭一驚，難道柳月華也是死於這種蠱蟲？

蠱蟲終於完全從上官的體內爬出，在我的血邊盤成了一個圈，就像一個線團，我拿起髮簪輕輕鬆鬆地就將牠釘在了桌子上，結束了牠的生命。

「好了，妳可以睜眼了。」我開始用髮簪攪爛那條蠱蟲，發現自己也滿噁心的，不過斐崳說過，蟲蟲如果不徹底攪爛，就無法終結牠們的生命。

上官驚恐地看著我攪爛那堆細線：「非……非雪，妳這大半年到底經歷了些什麼？」估計她是被我的冷血和大膽給嚇到了，我淡淡說道：「沒什麼，死亡而已。」我將攪爛的蟲子撥到茶杯裡，然後扔出了窗外，「現在妳安全了。我問妳，慕容雪是不是經常去宮裡找妳？」

「榮華夫人？」上官用手帕包紮著自己的手，回憶著：「沒有，倒是嫣然時常來宮裡。」

嫣然……嫣然是慕容雪的女兒，難道……不會吧，嫣然是那麼的單純！而且慕容雪居然會用蠱毒，她到底是什麼身分？

「非雪……」上官喚了我一聲，我回過了神。

「沒想到妳現在那麼厲害，妳真的不考慮留下來？」

我暈……還沒死心，權力對她真的這麼重要嗎？正要給她洗腦，忽然我聞到一絲奇怪的氣味，那氣味從窗外飄了進來，有人！我趕緊起身望向窗外，就在這時，身後忽然刮過一陣寒風，接著聽見上官的驚呼：「啊！」

回眸間，眼前站著一個白色的身影，她的臉上蒙著白紗，而她的手正緊緊抓著上官，上官已經癱軟在她的懷裡，昏迷不醒，她眉眼含笑地看著我：「雲非雪，好久不見啊。」

我看著面前這個白衣女人，她的頭髮挽起，身形微胖，眼角有著魚尾紋，可以推斷她是一個中年婦人，我認不出她身上的味道，但她卻認得我，這證明她是我早期見過的女人，會是誰？而且這味道不是我方才聞到的，這表示她和窗外那人不是同一人！

「怎麼？認不出我是誰嗎？」中年婦人的聲音裡帶著得意，她緩緩拉下了面紗，我頓時驚呼出聲：「榮華夫人！」

「雲非雪好記性啊，一年沒見，我都快認不出妳了呢？」

「這都是妳的陰謀？」我站了起來，緊緊看著被她打量的上官，榮華夫人冷冷地笑了：「正是，原本是想除掉上官，卻沒想到妳會出現，這真是天意！」

「為什麼？上官跟妳無冤無仇，為什麼要殺她！」

「為什麼？呵呵……」榮華夫人冷笑兩聲：「我跟她的確無冤無仇，只可惜她是那該死的天將！那個能讓拓家起死回生的人！」

愚昧！只因為她是天將就要殺了她，怎麼世人都相信三星的傳說！不過就連上官自己都深信不移，更何況是榮華夫人了。

「不過……我現在改變主意了。」榮華夫人看著上官，「她還有利用價值，我要用她來毀滅蒼泯。」

她什麼意思？正想著，身後那熟悉的味道再次出現，我慌忙轉過身，當我看見身後的人時，我怔愣地無法動彈，出現在我眼前的，竟是另一個上官。

不！她不是上官，她只是戴著上官的人皮面具，她到底是誰？

「非雪，妳好啊……」那假上官邪邪地笑著，令人生氣的神情跟真上官倒有幾分相似。榮華夫人笑道：「交給妳了，好好報仇。」

報仇？誰？我記得在蒼泯我只有得罪上官，其他人都沒惹啊。

「非雪，上官會變成現在這樣子，妳也要負一部分責任。」那個假上官忽然對我笑著說道。

我不明所以地看著她：「我？」

「因為她是妳的朋友，是妳雲非雪的朋友！所以她也要死，我要看著她痛苦！」假上官的臉開始變得猙獰，眼中充滿對我深深的仇恨，這是什麼邏輯，恨屋及烏？

為什麼？我不覺倒退了一步，身後的縈華夫人持匕首在上官的頸間遊移：「水無恨快到了，就讓他看到上官害死雲非雪的好戲。」

無恨就快到了？她們到底想幹嘛？

假上官收起猙獰的面容，幽幽地笑道：「是，母親……」

母親？她居然是……水嫣然！

為什麼？為什麼會變成這樣？嫣然為什麼會恨我？

「我的嫣然真聰明，猜出了妳的身分。」慕容雪脅持著上官，逼我走出船艙，她躲在船艙的門邊，得意地笑著。

嫣然笑了笑：「若不是上官三番兩次約聖使，嫣然也不會猜想聖使就是非雪，沒想到居然猜對了，呵呵呵呵。」嫣然的笑聲在陰冷的風中變得詭異。

天空烏雲開始密佈，海面漸漸起了風浪。

她們的目的很明顯，要讓上官殺死水無恨喜歡的女人，也就是我，加深水無恨對拓家的仇恨！

可是，為什麼嫣然會幫助慕容雪？

「為什麼……」我不解地看著水嫣然，「為什麼妳要殺我，我究竟做錯了什麼？」

「哈！為什麼？妳居然問我為什麼？」水嫣然仰天大笑，然後怒吼：「為什麼！為什麼鈺寒到現在還對妳念念不忘！」

我愣住了，身體在風中搖曳了一下，夜鈺寒……這個我幾乎快要忘記的男人，竟然依舊……還愛著我……

「雲非雪妳是不是聽了很開心，很得意？妳滿意了吧，可是我卻很痛，我的痛是妳一手造成！」

「我……」

「妳還在裝糊塗？妳厲害，妳真的厲害！把身邊男人的心一個個帶走！拓羽、鈺寒，還有哥哥！妳不能活著！妳只會傷害哥哥的心！娘說得對，妳這種女人留在世上，只會禍害更多的男人，給更多的人帶來痛苦！」

我下意識地看向慕容雪，她的臉上正洋溢著詭異的笑容，那笑容讓我渾身豎起了汗毛，我收回視線看著面前扮成上官的嫣然道：「是，夜鈺寒的確喜歡過我，但那都過去了，他現在只是還沒有忘記我，時間久了，他就會把我……」

「住口！」嫣然忽然抽出了劍指向我：「是，原本我也是這麼認為，我嫁給他的時候就知道他喜歡的是妳！我單純地以為只要嫁給他，待在他的身邊就會滿足，我一定可以慢慢進入他的心。可是我真沒想到竟會如此痛苦！妳知道嗎？妳明白嗎？當洞房花燭夜，我深愛的男人卻喊著別的女人名字的那種痛嗎？我當時真的好痛，痛得以為自己快死了！」

嫣然痛苦地看著滿天的陰雲，她的淚水在眼眶中積聚，「我告訴自己會好的，一切會好的，妳才剛離開，鈺寒對妳還難忘記也屬正常，只是需要時間……只要時間久了鈺寒愛的就會是我……可是！」嫣然的目光瞬間變得兇狠，手中的劍帶出一抹寒光，「可是我沒想到，他一聽說妳在暮廖，就連夜出了蒼泯！而在妳失蹤之後，他整日藉酒消愁，他一連醉了七天，他醉了之後喊的只有一個名字，就是妳：雲非雪！」

我怔住了，心中泛起了無限苦澀，鈺寒……你這又是何苦呢……

「是妳！是妳讓我感受到了這種痛，現在我要把這錐心之痛還給妳！十倍百倍的還給妳！」水嫣然朝我拔出了劍，「跳下去，否則我們殺了上官。」

什麼？要我自己跳海？當我白痴啊，雖然我愧對鈺寒和嫣然，但我也不會為了上官而自殺啊。

「妳們殺了上官吧，反正我看她不順眼。」

慕容雪的眼中寒光滑過，接著閃現一道血光，鮮紅的血從上官頸項緩緩滑落。

真是垃圾！我皺緊了雙眉，狂風使船隻劇烈搖晃。水嫣然的長髮和衣襬在風中飄揚，深深的仇恨將她曾經清純的眼眸覆蓋，她提著劍緩緩朝我逼近，我退了一步，忽然一陣天旋地轉，眼前無端出現一片迷霧。

怎麼回事？我看著面前的迷霧，嫣然的身影漸漸消失。

朦朧中，我聽見嫣然的淡語：「我不服，我不服，我不服……」

白霧迷茫，嫣然的身影突然出現，她靜靜地看著我，淡淡地說道：「我不服，那樣的比賽，那樣的判決，我不服……我要重來。」

比賽？判決？看著眼前戴著上官人皮面具的嫣然，她的神情、語氣、動作都像極了一個人，再看看周圍詭異的景象，我驚道：「青煙？」

嫣然淡淡地笑了笑：「是我……我要跟妳重新比賽。」

開什麼玩笑！

我大叫：「青煙！真的是妳！妳給嫣然下了什麼咒？」

「咒？雲非雪妳懂咒嗎？妳根本不懂咒，更不會分辨咒術，我沒有向嫣然下咒，而是向妳。妳看到的是妳自己產生的幻覺，妳進入了自己的迷陣！」

我？我中了青煙的咒？什麼時候？難道就像糜塗將我困在房間的那種陣法一樣？

難道青煙早在船上擺上了針對我的陣法，就在我剛才後退那一步時，我踏入了這個迷陣，這個對付我的迷陣？

瘋了瘋了，這個世界真的瘋了，三個女人都想置我於死地，我前世究竟造了什麼孽！

整件事變得越來越複雜，假扮上官的嫣然，而她此刻的靈魂卻是青煙，青煙在利用嫣然的身體，她為什麼不肯現身？

正想著，嫣然就飛躍過來，劍光閃爍之間，我看到了青煙冷漠的眼神。

嫣然應該是不會武功，空氣裡明明是嫣然的味道，但我卻面對的是青煙？我迷茫了，徹底迷茫了，原來我真的遠遠不是青煙的對手。

「妳不是會自保嗎？」青煙的話從嫣然的口中說出，我躍到了一邊。

青煙就在船上，她一定就在這船上，她在控制嫣然！

我趁隙打中了嫣然的右肩，心中一喜，一道寒光忽然劃破迷霧，我一驚，看著那匕首飛到自己的面前，慌忙閃過，又往後退了一步，身後卻是萬丈深淵！重心有點不穩，險些墜落下去。

眼前的迷霧漸漸散去，那站在迷霧中的嫣然帶著陰陰的笑，身影卻緩緩消散。在那一刻，我恍然明白，那個迷霧中的嫣然是由我心魔製造的，那是一個幻象，是由我自己製造的幻覺，而就在這時，真正的嫣然滿臉驚喜地站在我的面前說道：「我刺中了，我刺中了！」

她的劍正指著我的心臟，說著，她將劍往前一推，我下意識往後退了一步，卻沒想到我踩了個空，直直摔落下去，原來我方才已經被青煙逼到了跳板上。

伸手抓住了跳板的邊緣，看著身下波濤洶湧的大海，水下隱隱滑過一個龐大的黑影。

「哈哈哈……」嫣然在上面狂笑：「終於要消失了，妳終於要消失了……」

我失望地看著發狂的嫣然：「嫣然，妳錯了，難道妳真以為我死了，就能從夜鈺寒心中消失嗎？妳被利用了，妳被妳的母親利用了，她只是想向……」

「住口！」嫣然憤怒地看著我：「死到臨頭妳居然還在說我母親的壞話，妳去死吧！」她的腳踩了下來，我鬆開了手，看著她的笑臉在烏雲下變得扭曲……

我直直墜落下去，髮帶滑過我的臉龐，朦朧中，我看到了桅杆上那個白色的身影。

「妳不是能自保嗎……」

「一個不能自保的女人沒有資格做幽國的國母……」

幽幽的聲音漸漸淹沒在冰冷的海水中，血液在那一刻凝固。

為什麼……為什麼她們都想要我死……我做錯了什麼……

我活著究竟有什麼意義？嫣然說得對，我活著只會給別人帶來痛苦……

鈺寒……拓羽……水無恨……上官……水嫣然……青煙……

他們的痛都是我帶來的……

為什麼……好煩……如果這一切都是夢……那該多好……

忘記吧……忘記這一切……妳就不會煩惱了……

是啊……雲非雪……忘記它……全部忘了吧……

七、我是誰？

「非雪……幫我……求妳……幫我……」

「非雪……別離開我……」

「非雪……我愛的人始終是妳……」

「雲非雪！為什麼妳要奪走我的一切！」

「雲非雪！我們再比一場！」

「雲非雪！妳活著只會給別人帶來更多的痛苦……痛苦……痛苦……」

寒光在腦中閃過，我睜不開眼睛，腦袋……好疼……

「蝴蝶飛……蜻蜓追……」

隱隱約約聽到淡淡卻又哀傷的歌聲，我頭痛欲裂，昏昏沉沉中，我用力睜開了雙眼，光線從門縫射入，天亮了，我醒了，心卻依然怦怦怦跳個不停。

我看著水盆中自己的倒影，還是忍不住納悶。

這是我，應該是我，可是怎麼看上去比我年輕比我漂亮？

她的臉上沒有色斑，沒有麻點，肌膚更是白裡透紅，一雙水汪汪的大眼睛也不是近視，怎麼看怎麼是我，可又不是我，因為她的身上，穿著古代的服裝。

我明明記得前一刻還在上海，怎麼下一刻醒來的時候，就變成了海盜老爹夢中情人的女兒？

這麼離奇的事情讓我百思不得其解，最後我猜想我應該是穿越時空了，而且還是靈魂穿越的那種，至少這個身體肯定不是我本尊的，那我原來那個身體呢？

嗚……該不會變成離奇死亡還上社會新聞了吧？

哎，那具身體也沒什麼好留戀的，又老又有黃褐斑，走兩步就腰痠腿疼，只是不知道有沒有人幫我收屍。

記得當初我清醒過來的時候，眼前都是海盜，嚇得我以為會變成《綰青絲》的女主角，一醒來就要被別人○○××，幸好海盜老爹慈眉善目，海盜王子是個女人（但她全身上下沒有一點像個女人），我才漸漸接受了自己穿越的事實，順便用失憶當藉口，裝傻裝糊塗，總算矇混過關。

反正海盜老爹說什麼就是什麼，雖然他說的時候我以為他老年痴呆，神智不清。

據我的海盜老爹說，當初救我的時候差點以為我是海神的女兒。

因為當時我是由一頭鯨魚馱著，而鯨魚的身邊還有鯊魚、海豚護送，周圍更有無數魚群，這是大海裡難得一見的奇觀。

那鯨魚在看到海盜老爹的船後，就包圍了他的船，嚇得整船的船員差點尿褲子。

然後鯨魚就用噴水將我噴上了海盜老爹的船，帶著魚群離開，而就在海盜老爹想觀察我的時候，我忽然醒了，一開口就說自己是柳月華，還一眼就認出了海盜老爹原本是水酇的部下，吩咐海盜老爹不能虧待我，因為我是柳月華的女兒，說完就又陷入昏迷。

這是不是太匪夷所思了？不過後來這裡的每個人說法都一樣，我只能相信可能是這個異世界比較特別，或許在這個異世界，這類事件不足為奇吧

然後，海盜老爹就常常望著我想著我的「母親」柳月華，還給我取了個名字，叫相思。

漸漸的，我的傷啊病啊都好了，我開始愛上這具身體，實在太讚了！

我發現她不僅筋骨柔軟，而且五覺靈敏，不出三個月，島上每個人的氣味我都能分辨，他們離我十米之外，我就知道來的人是誰。簡直就是像是中大獎般脫胎換骨！

此外我身上還有條墜子，繫著一顆古裡古怪的石頭，雖然覺得它很醜，可我莫名其妙將它視為珍寶，總覺得不能沒有它。而更奇怪的是，除了這條墜子，我還有一根總是甩也甩不掉的權杖。

為什麼說它甩不掉？因為我每次把它扔掉，它都會再次出現在我的身上，一次兩次後，我開始覺得這權杖可能是什麼神物。

當然，我也曾想過離開這裡闖蕩江湖，可是……我漸漸……被同化了。因為這裡的生活實在是太無憂無慮外加隨心隨意，猶如回到童年，不，比童年還要快樂，因為我的童年還要讀書呢。

在這裡，我除了吃就是睡，除了睡就是玩！然後跟著大夥去打劫。

對了，差點忘記介紹我的海盜老爹，齊嘯龍。

我的海盜老爹其實是個俠盜，這好像是句廢話。因為我的海盜老爹只搶那些黑心商販的錢，在這片海域名氣非常響，也相當受尊重，被譽為東海的海盜王！了不起吧。

我就是他新收的義女，骷髏島的三當家，人稱快樂的相思。

為什麼說三當家，因為我的上面還有他的親生女兒，也就是當初我以為的海盜王子：齊多多。

其實多多比我的實際年齡小，但比我這具身體的年紀大，自然成了我姊姊。

也罷，來到這裡形單影隻的，現在多了一個爹爹愛，多了一個姊姊疼，有何不好？

而且我超嫉妒她！因為她有一個帥帥的保鏢叫啞奴，長得和韓國某明星一模一樣，我只有看著眼紅。好在多多疼我，這位啞奴同志也跟著疼我。

在他們的寵溺下，我的童心徹底爆發，沒事就逗逗這個，弄弄那個，跟著多多一起惡作劇，然後在傍晚時跟著她練武。

我最喜歡的就是翻跟頭。當在翻跟頭的時候，整個世界都會跟著一起旋轉，不停地滾啊滾，直到把自己弄暈才罷休。躺在地上看著天旋地轉，挺有趣的不是嘛！

翻啊翻，今天我又翻到頭暈暈了。

朦朧間，身邊走來一個人，我一個翻身坐了起來，他微笑著在我面前蹲下，果然還是他！

眼前這個帥到掉渣的美男子是我每晚作夢都會夢見的男人。

自從我清醒的那一天起，他就開始闖入我的夢中。

記得第一次他看見我的時候，撲上來就親。而我因為抵禦不住他美色的誘惑……咳咳……還極為熱烈地回應他，現在想想都覺得臉紅。好在最後意志戰勝了一切，沒有犯春夢的低級錯誤。

他看我拒絕很是傷心，我只說我不認識他。沒想到他更傷心，傷心得就像垂死的老人。

之後他總算有所收斂，在夢裡和我成為好朋友，我會將身邊發生的一切都告訴他，因為我覺得他其實很親切，如果沒有那第一次臉紅心跳的接觸……

「今天又發生了什麼？」他緩緩坐在我的身邊，柔聲問道。

我跳了起來，開心地說著：「今天我把海蝨扔到海盜老爹的碗裡了，哈哈，他吃得可開心了。我還把多多的寵物狗剪了個新髮型，把多多氣得冒煙。我還把……」

「妳就不能坐下來好好說嗎？」

我皺起了眉，在這裡待了三個月，性子野得像隻猴子。

他拉住了我的手，將我拉入懷裡，我開始便扭來扭去掙扎：「討厭！你又這樣。」

「就一會兒。」他輕輕擁住我：「明天就不會再煩妳了。」

「為什麼？」我疑惑地看著他。

他笑了，笑得陽光明媚，彷彿整個世界都被照亮，我痴迷地看著他的笑容。

「我找到妳了……」他輕聲說著，下巴放在我的頭頂磨蹭。

我依舊一知半解，懵懵懂懂。

「妳呀……越來越頑皮了，明明都快三十的人了，現在卻完全變成了十來歲的小女孩。」

怒了！殺意頓起！

真後悔當初告訴他自己的真實身分！這討厭鬼！不知道女人的年齡不能隨便說的嗎？

「呵呵……生氣了……」

不理他。

「喂！雲非雪，別不說話！」

依舊不理他。

「再不說話我就親妳了。」

「別……」他的唇堵住了我的話。

他充滿邪氣的眼睛裡帶著得意的笑：「慢了……」

我再次淪陷在美色的誘惑中……

就在第二天，第三小隊的隊長帶回了一個人，說是新收的小弟。

島上對於新進人員都很小心翼翼，萬一是官兵的奸細就不妙了。

這個人很醜，臉上到處都是刀疤，就像爬滿了毛蟲。可我一眼就看上了他，因為他身上的味道很好聞，像親人，讓我安心。

我對著我海盜老爹說：「我要他。」

結果全部人都暈倒！因為他們沒想到空閒了這麼久的三當家護花使者的位置，卻讓這個醜男給占了，不過他們這下倒也放心了，因為他很醜嘛。

嘿嘿，我身邊這個護花使者的位置可是有很多人覬覦哦，要不是夢裡的那個叫什麼天的不准我選美男，我早就選了。不過這次是醜男，所以他應該不會有意見了吧。

醜男看著我眼睛燦燦生輝，我滿意地笑著，我也有私人保鏢了。

晚上我給他做了個酷酷的面具，遮起他一臉的刀疤。一下子，他變得英俊瀟灑，還非常神祕魅惑，就連多多看了也想跟我借兩天，我怎麼可能答應啊？

既然多多的保鏢叫啞奴，那麼我這個醜男就叫醜奴吧。

「醜奴！」我對著醜奴下著命令：「從今天起，你要寸步不離地跟著我！」

「是！」他很高興，沒被面具遮住的嘴唇開心地笑著，露出裡面潔白整齊的牙齒。

醜奴不到一個星期，就被我們同化了，翻跟頭翻得比我還積極。

每到傍晚，他就和啞奴在沙灘上比劃，他的功夫很好，啞奴已經是骷髏島上最厲害的，沒想到他更厲害。

他還給啞奴把了脈，說啞奴的嗓子應該是後天造成的，可能可以治好。

聽到這個好消息，多多樂壞了，直說要上岸。

「妳要去岸上嗎？」醜奴問我。

我搖頭：「老爹說那裡正在打仗，聽說導火線還是個女人，真無聊，老是有人為了女人打仗，她很美嗎？」

「不。」醜奴定定地看著我，他有一雙吸引人的眼睛，「她很無辜，只是被人當作藉口罷了。」

「是嗎？那她應該去阻止這場無聊的戰爭。」

醜奴很沉重地嘆了口氣：「只怕她現在這個樣子也解決不了吧……」

我不喜歡這樣的醜奴，給人很沉重的感覺，有那麼一刻，我覺得他很像我夢裡那個叫什麼天的美男，很憂鬱，彷彿有一肚子心事。

我捧住了他的臉，他一下子愣住了，跟了我這麼久，從來沒和我有過肢體接觸。

我笑了，用手指戳著他的面具：「不許不開心！」我鼓起了臉，「我是你的主人，我最大！就算以前有多少不開心的事情都要忘記，現在你是我的人，我不許我身邊的人愁眉苦臉。」

「這……好像太霸道了吧。」

「我就是霸道！」我拉扯著他的耳朵，他疼得齜牙咧嘴，「你現在人在這裡，腦子裡、心裡，存在的只能有我這個主人，對我的命令要絕對服從！好了！笑一個！」

他咧著嘴，笑得超難看，不過總算是笑了。

我滿意地放過他，然後開始開心哼唱：

「化作雲飛揚，相思風中藏，

聽我來歌唱，快樂齊歡享；

笑眼看世界，幸福無可擋；

誰說苦海無邊涯，只要心中志昂揚，

我就是快樂的相思……」

我朝太陽揮手說嗨，對著大海比中指，向著月亮叫囂，掐著醜奴叫他說愛我！

嘻嘻，這樣的日子瘋瘋癲癲，樂趣無窮。時不時有片段閃過腦間，我卻懶得捉摸，因為它們總讓我夢醒之時，頭痛不已。

多多相信了醜奴的話，認為真有神醫可以治好啞奴，執意要上岸，連海盜老爹也擋不住。多多是喜歡啞奴的，只是她不肯承認罷了。

我坐在樹枝上，蕩著兩隻腳，多多真要去那裡嗎？

「醜奴真壞，唆使多多！」我斜睨著身邊月光下的醜奴。蒼白的月光撒在他黑色的面具上，帶出無限魅惑。

醜奴幽幽地笑了，往我身邊靠了靠，扶住我的身體，怕我掉下去。

「啞奴的嗓子完全有機會治好，為什麼不試試？」

「那你是要離開我嗎？」我惱怒地看著他，流露出我孩子氣的霸道。

醜奴搖了搖頭：「只是給他們一個信物，讓他們去找我的朋友。」他抬手撫過我的臉龐。

這個醜奴真是越來越膽大，只有我能摸他，他怎麼可以摸我！不過他的手很溫暖，我將自己的臉放在他的大手中，輕輕摩擦。

是了，就是這種感覺，這就是他，這熟悉而溫暖的感覺。

「醜奴像我的一個朋友。」

「是嗎？」醜奴的聲音開始變得沙啞，變成了我夢裡常常聽到的聲音。

「嗯，可惜他是虛幻的，但醜奴是真實的，所以我喜歡醜奴。」

我喜歡他，從第一眼看到他就喜歡上他，所以我不要他離開我。

我要他永遠聽命於我，做我身邊乖乖的僕人。

「是嗎……」

「醜奴最大的願望是什麼？」我玩著他的手指，他的手指修長而骨幹，放在月光下，映出好看的銀白色。

「做……她的男人。」

「她？」我疑惑地看著他，這個回答好熟悉，彷彿在哪裡聽過，他的視線落在我的臉上，落在我的唇上。

「那最想去的地方呢？」

「她的床……」他向我緩緩靠近，將我輕輕抵在樹幹上，心跳開始加速，頭有點疼。

「那最想做的事情呢？」

「要她……」他的唇覆了上來，火熱又熟悉的唇，將我渾身點燃，漸漸融化。

腦子裡的片段不斷湧現，痛苦的回憶塞滿胸膛，我甚至不知道那些痛苦來自哪裡，心痛得彷彿被撕碎一般，我的眼前開始發黑，身體倒了下去……

「非雪……非雪……」有人用力晃著我，我疲憊地睜開眼睛，發現自己已經坐在海灘邊，醜奴見我醒來，將我緊緊擁在懷裡，就好像一輩子都不願放開般用力。

我回抱住他，笑道：「醜奴用得著這麼傷心嗎？好像我死了一樣。」

「我不許妳再說死字！」醜奴生氣了，他灼灼的目光盯著我的臉，「不許！永遠不許！」他忽然覆了下來，封住我的唇：「不許！絕對不許！」

海浪溫柔地拍打著海灘，淹沒了我的腳後再緩緩退下，只靠這冰涼的海水來保持心裡那點僅存的理智。

他的舌頭挑動著我渾身的細胞，熱掌在我的後背遊移。他離開了我的唇，在我耳邊粗喘，我腦子裡茫茫然，一波又一波奇怪的回憶湧上心頭，那是誰？那到底是誰？

他吻住了我的眼睛，我的睫毛在他的唇下輕顫，他將我輕輕放倒在沙灘上，熾熱的身體靠在我的身邊。

他輕輕扯開了我的衣帶，我的手自然而然地攀上了他的脖頸，這是多麼熟悉的觸感，彷彿前世、前前世，我都曾撫摸過這具身體。

心頭的火焰將那些零碎的記憶淹沒，我狠狠吻住了他的唇，那片我一直在尋找、渴望的唇，我用我的身體、雙手撩撥著他的欲望，和他一起陷入火海，那欲望的深淵。

我開始扯他的衣服，撫上他光潔的肌膚，和結實的後背。

忽然一個大浪襲來，將我和他一起捲入大海的懷抱，冰涼刺骨的海水，徹底澆熄了我的欲望，洗清了我的大腦。

身體漸漸沒入海中，這置身於黑暗海水的感覺是那麼熟悉，原來我還是我：雲非雪。

我緩緩從水裡爬起來，遠處傳來醜奴的嘶喊：「非雪……非雪……」

呵，這個白痴，演醜奴都演不來，醜奴是不該知道我叫雲非雪的。

他看見我，飛躍到我的身邊，將我再次擁入懷裡。

我笑了，攀上他的脖頸吻住他的唇，他的身體再次熱了起來，我輕輕推開他，笑道：「醜奴，我改變主意了，我也要上岸去。」

「為什麼？」他不解地看著我。

「因為有些事需要我去處理。」

他看著我認真的臉，表情漸漸變得欣喜。

然後我給了他一個大大的笑臉，不急不徐地說道：「我不想看著多多和啞奴單獨行動，我怕多多一個性急就把啞奴給吃了。」

醜奴整個人呆立在那裡，眼睛瞬間變得失望而痛苦。

我轉身翩翩而去。

呵呵，既然你做了我的僕人，就再多做幾天讓我享受享受吧。

親愛的天，我雲非雪，回來了。

八、圍攻蒼氓

有些東西，妳必須面對！

有些責任，妳必須承擔！

當記憶恢復之時，我明白這就是我雲非雪應該要面對的宿命。

神主和魅主交付給我的任務，我終究是要完成的。

更何況我還是幽國未來的國母，要是不回來放著讓天那傢伙一個人在幽國，難保冥聖那老奸會不會又把青煙扶正！

為了我雲非雪的一世英名，為了我好不容易才爭取到的愛情，我當然要回來處理這一切恩怨是非！

船在大海上快速地行駛著，我和多多站在船頭迎風張臂，後面兩個男人搖頭嘆氣。

「妹子！妳這個醜奴好像很厲害，居然認識能醫治啞奴的神醫。」

我笑道：「那是當然，好人壞人我一聞便知。」

醜奴什麼都好，就是色了點。老愛對我動手動腳，真討厭，人家還有很多正事要辦呢。

多多拉著纜繩開始晃圈圈，問著我的醜奴：「喂！醜奴，我們這下是要去哪兒？」

「幽國。」醜奴淡淡地答著。

我不滿地跳到他的面前：「讓他們去幽國看病，我要去沐陽！」醜奴瞬即瞪大了眼睛。

一陣海風拍過，船晃了晃。

「我要去見我傳說中的那個娘：柳月華。」我很堅定地說著，不容醜奴反對。

「相思，沐陽兵荒馬亂的，別去那裡。」多多好心提醒我。

「是啊，主人，柳月華早就死了。」

「我要去祭拜！」我鼓著臉，盯著醜奴，「就這麼說定了，在藍慧港下船，你們去幽國，我們轉道去沐陽。」

我抬鼻子嗅了嗅，沒有雨的味道，天氣不錯，可以順利到達藍慧港，不過在這之前，我們先要換身衣裳，現在大家穿的都是海盜服。

簡易的短衣短褂，頭上包著頭巾，我梳了兩條大辮子，跳起來，甩東甩西。

張開五國地圖，眼前浮現蒼泯圍困的景象，這下拓羽可真要發慌了，呵呵……

就在我在島上休息的這段日子，外面可謂是天翻地覆。

雲非雪被拓羽的愛妃上官柔推入海底，這件大事鬧得眾所皆知。

現在的情形是，各國都拿雲非雪的死來做文章，圍攻蒼泯。可怪就怪在，最該找他們算帳的幽國卻沒動靜，而八竿子都打不著關係的國家卻紛紛圍城。

若說幽國討伐也就罷了，畢竟他們有十足的理由，因為雲非雪是未來的國母，但其他國家也跳進來湊熱鬧，可就太奇怪了。

首先說佩蘭國吧，國主的理由是雲非雪曾經幫過他，是佩蘭的恩人，但卻死在佩蘭，所以他們一定要拓羽交出柔妃，給個交代。

而暮廖國就更離譜，說雲非雪是國主的好友，所以北冥就打著替好友討回公道的旗子出兵威逼。對了，聽說在我死後沒多久，北冥軒武就接替了暮廖的皇位。

至於畬諾雷，原本是討厭我的，估計為了配合北冥，連沉芝麻爛穀子的藉口都用上了，說是當初他在沐陽幸得雲非雪報信，才抓住本想刺殺他的刺客。

這次圍攻蒼泯的還有北寒，沒想到我那個義兄薩達居然當上了北寒的族長，既然是兄妹，我出事他自然不能坐視不理。

於是乎，蒼泯就陷入多國圍困的危機。

總之，這回拓羽和上官還有那個老太后，麻煩大了！

我幽幽地笑著，這回可有好戲看了。

關鍵就是在蒼泯焦頭爛額的時候，水酇還發起了內亂，雖然被拓羽及時鎮壓，但也重傷了蒼泯的元氣，我看著地圖開始考慮這仗到底要不要打。

如果打起來，就隨了慕容雪的願，這絕不能讓她得逞，我這口氣也嚥不下。如果不打，就便宜了拓羽和老太后，若不是當時我受制於上官被脅持，我怎麼會讓青煙有機可乘？

不過說實話，我打不過青煙，要戰勝她，也不是一、兩個月就行得通的。得想個辦法，想一個能搞定青煙的辦法。我這次回去，必然還會再遇到她，誰知她會不會再偷襲我。鬱悶，乾脆帶著天一起捲鋪蓋走人，炒幽國的魷魚算了。

不過讓我覺得奇怪的是，佩蘭的柳讕楓為什麼要攙合進來？他向來孤傲，不願與其他國家有太多的接觸，又怎會為我發兵？難道……是思宇？

想我在島上休息了將近三個月，思宇應該早就生了吧。

我的死應該不會對她有什麼影響吧？她該不會和柳讕楓達成了什麼協定吧？

雖然她的初衷是為了替我報仇，可這樣真的值得嗎？她到底有沒有參與？

先想想解決的方法，而且還要環環相扣，這次不能再像以前一樣治標不治本，必須把這件事從根底圓滿解決。

水無恨的恩怨，拓羽的恩怨，上官、北冥，所有的事情一起解決！

「怎麼有興趣看地圖了。」熟悉的味道，熟悉的身體，和熟悉的懷抱。

他站在我的身後，輕輕環抱住我，我笑道：「醜奴在門外我就感覺到了。」

「哦？是嗎？」

「嗯，我的鼻子和聽覺都非常靈敏呢，所以醜奴如果對我有什麼非分之想，我一聞就知道。」

腰間的手越發收緊，他在我身後輕輕地笑了起來。

我靠在他身上，嚴厲道：「以後不許像那天晚上一樣，我還沒做好心理準備。」

「我……知道了……」醜奴鬆開了環抱，離開了我的身體。

我笑著轉身看他，盯著他的臉瞧，他被我瞧得有點不好意思，視線閃爍不定：「妳在看什麼？」

我瞇眼笑著：「你就是他，沒錯，就是他。你終於找到我了，是嗎？」

他怔了一怔，呆愣地站在原地。

我緩緩抱住他的身體：「無論你變成什麼樣子，有很多事，都不會改變，尤其是……心……」

他的心跳開始變快，我放開他，朝他做了個鬼臉：「是不是感動得想哭？嘻嘻……」

他笑了，眼裡帶著晶瑩的水光。

我不認他，就是不認他，因為他曾經也這樣不認我，所以我第一個要報復的人就是他。

若不是他惹上青煙這個火星人，我怎麼會跳海求生？當時那情形，如果我不跳海，青煙那女人說不定真要滅了我。

醜奴緊緊盯著地圖，問道：「妳去沐陽真的是要祭拜柳月華？」

我笑著，笑得很狡詐：「你說為什麼這些男人為了一個女人而打仗？難道真的因為他們都喜歡她？」我看著醜奴，醜奴的眼中帶著蔑笑：「不，這裡頭除了薩達的動機比較單純，其餘都帶著目的而去，雲非雪的死不過是給了他們一個理由。」

「理由？」

「嗯，理由，一個讓拓羽交出天機的理由！當初北冥軒武曾想用火燒樓外樓來讓雲非雪從這個世界消失，所以他有理由懷疑雲非雪沒有死，而是被拓羽藏起來了。他肯定是認為拓羽也上演了一齣姊妹相殘的戲碼，將雲非雪徹底藏了起來。」

「原來如此，那柳讕楓呢？又是為了什麼？」

「寧思宇。」

果然……我的心揪了一下。

「寧思宇答應柳讕楓，如果柳讕楓幫她報仇，她就嫁給柳讕楓！」

「柳讕楓同意了？」

「不，柳讕楓沒有同意，正因為如此，所以我認為他是個男人，他無條件答應幫思宇報仇。當然，圍攻蒼泯對他來說也是好事一件，其實他對於蒼泯這塊肥肉已經肖想不止一天兩天了。」

呵……都是野心家，不說不知道，一說嚇一跳。

醜奴緩緩拿起了一面棋子插在蒼泯的中央：「想報仇嗎？」

我努了努嘴，問道：「聽說這個女人是幽國的國母，那為何幽國不出動？」

「呵呵……」醜奴看著我溫柔地笑了：「因為他們知道她沒有死，所以想把她找出來解決這次的紛爭。」

「什麼？知道？」我驚訝地看著醜奴，醜奴認真地點了點頭：「因為青煙全都說了。」

「青煙……」這個火星人提起來就令人火大。

醜奴深深地嘆了口氣：「青煙這次做得太過分了，她說她一直不服氣那次比賽，所以找妳再次私鬥，結果證明妳完全有自保的能力，她看見妳被海裡的動物救走了，可惜不知道救到了哪裡……」

這世上怎麼會有如此白痴的女人？若是我，打死都不會承認。

不過正因為她是火星人，所以她的想法我們這些地球人根本無法理解，總之以後小心她就是了，說不定她又會突然找我私鬥。

「那她現在怎麼樣？」

「她說她承認輸了，甘願接受神主的懲罰，所以她現在正在接受最嚴厲的懲罰……其實……」醜奴緩緩擁住了我的身體，「其實就算青煙不說，雲非雪的丈夫也知道她沒有死……」丈夫？這傢伙真可惡，知道我故意不認他，就口舌上占我便宜。

不過我還是忍不住問道：「為什麼？」

「因為靈通石，靈通石能幫他找到他的愛人，無論她在何處，他都能找到她……」

原來如此，老神仙總算給了我們一樣有用的東西，心裡暖洋洋的，下意識地摸了摸心口的石頭，謝謝你，讓他找到了我。

醜奴溫熱的氣息吐在我的頸項，我知道他想做什麼，但我還是冷酷地將他推開，然後厲聲道：「我想睡覺了，你乖乖地站在門外守夜。」

於是醜奴愣愣地看了我一眼，就臭著他那張醜臉出了門。

等醜奴離開後，我又暗爽了一番。繼續看那張在蒼泯插有旗幟的地圖，他是想為我報仇的，那股殺氣我能感覺得出來，但沒有比殺戮更好的方法了嗎？

「他是個好男人……」幽幽的空氣裡，傳來一個女人的聲音，我嘴角微揚，看著面前縹緲的身影：「妳這樣會傷元氣的，還是回赤狐令裡吧。」

柳月華笑了，笑容溫柔而恬靜：「妳不怪我嗎？我封存了妳的記憶。」是的，在我墜海的時候，在我幾度又要暴走的時候，是柳月華封存了我的記憶，不僅阻止我暴走，也保住了那條船上所有的生命，還讓我脫離了仇恨，在骷髏島上過了三個月無憂無慮的生活。

我淡淡地笑了：「如果不是妳阻止我，今天的雲非雪就成了殺人狂魔了，呵呵，我暴走起來自己都控制不住自己，謝謝妳。」我想關鍵還是在於我的修為不夠，不能控制體內那股力量。

「妳不怪我就好了，接下去妳想怎麼做？」柳月華認真地問我，我看了看她，升起了一股邪念：「總之不會讓他們好過，我不是回來了嗎？就讓他們先睡不好覺吧。」

柳月華看著我，憂慮地皺起了雙眉，我笑道：「放心吧，無恨不會有事的，我一定會讓你們母子團聚。」柳月華笑了，帶著那放心的笑容漸漸消散在空氣中。

到了藍慧港就有人來接應多多，反正啞奴能說話她比誰都高興，而我就和醜奴去了沐陽。醜奴擔憂地看著我，問我怎麼不易容？我笑道我天生麗質，易什麼容？臉漂亮就是要讓人看的。他看著我唉聲嘆氣，說不明白我到底想做什麼。然後我就以主人的身分罵他沒大沒小，居然管到主子頭上了。於是他又是一陣唉聲嘆氣，那委屈的表情，似乎都快掉出眼淚。

我無賴地笑著，他也拿我沒轍，只說妳玩吧，妳就放手玩吧，反正醜奴會幫主人善後。

我開心地鑽到他懷裡，磨蹭了幾下，其實就算他不幫我善後，我還有強大的海盜兵團作為後盾，別忘了，我的海盜老爹可是海盜王。

所以這次，我雲非雪玩大了！

九、招搖過市

又是一年春暖花飄香，五月的陽光，明媚舒心。

走在沐陽的街道上，一景一物都是那麼地熟悉。一年前，我們三人來到這個繁華的城市，街市上人來人往，熱鬧非凡，而一年後的今天，這裡卻蒙上了一層淡淡的陰霾。

街市不再繁鬧，店鋪門可羅雀，人人自危，不時有提著包袱的路人匆匆而過。

我坐在馬車上，看著這冷冷清清的街道，不覺也憂心忡忡，畢竟這裡是我們最初落腳的地方，這裡有我們的家【虞美人】。

不知怎的，馬車到了【虞美人】的門前，店鋪裡已不顯當初的繁華，那時名門小姐、達官夫人是我們【虞美人】的常客，在廳堂裡經常能看見她們為了爭奪一件衣服、一個款式而大揮銀錠，那時是我們三人最開心的時候。而今【虞美人】依舊是【虞美人】，錦娘依舊是錦娘，只是她的臉上愁雲密布，這一年，真的辛苦她了。

緩緩經過【虞美人】，錦娘望了過來，看著我們從她的門前經過，我放下車簾感慨萬千，只一年，便已經物似人非。

晌午時分，我和醜奴踏入了沐陽最好的酒樓【望吳門】，當我們兩人出現的時候，本就沒有多少人的店堂立刻變得鴉雀無聲，他們都望了過來，表情有疑惑，有驚恐。

小廝立刻迎了上來：「兩位客官這邊請，是廳堂還是包廂？」

「包廂。」醜奴冷冷地說著，小廝驚駭地看著醜奴臉上的面具，我卻道：「就廳堂好了，人多熱鬧。」醜奴看了我一眼，我假裝沒看見，自顧自坐到了靠窗的位置。

等我們坐下後，那些目光依舊在我們身上逗留，隱隱傳來竊竊私語：「你說那姑娘是不是很像雲老闆？」

「你說的是差點成為公主的雲非雪吧，難道真是她？不是說她死了嗎？」

「是啊，就因為她死了，其他國主才會來找碴，我見過雲老闆，滿臉的書卷氣，很是文雅，應該不是眼前這姑娘。」

「你們看那戴面具的男人，該不會是這個姑娘的保鏢吧。」

醜奴側過臉瞪了他們一眼，那些人立刻收聲吃飯，他轉回臉再次輕嘆一口氣：「妳是不是覺得還不夠亂？」我笑而不語，醜奴皺著眉看著我，然後他笑了起來，那笑容帶著一股邪氣。

我問道：「你笑什麼？」醜奴依舊笑著，並不回答我的問話，只是開始給我夾菜：「主人快吃，菜涼了就不好吃了。」他也跟我玩起了神祕。

下榻旅館後，醜奴就消失無蹤，就像以前一樣，他總是神祕失蹤，不知又去探查什麼。

我靠在窗前一邊吃醜奴買給我的糖葫蘆，一邊發呆，我到底要怎麼做？是殺還是不殺？正想著，一絲熟悉的氣味滑過鼻尖，我愣了一下，一個黑色的身影就飄落在我的面前，沒想到來到這裡第一個遇到的卻是他。

他的臉上戴著紅龍的面具，可面具下那雙眼睛，卻和水無恨一般地清澈。是啊，水酇被抓了，水無恨因為是個傻子，所以被放過了。

「你是誰？」他從窗外伸進了手，我假裝不會武功，被他抓住了我的胳膊，他緊緊拽住我，逼問著：「妳是非雪？」我佯裝害怕的樣子，開始大喊：「救命！救……唔……」紅龍捂住了我的臉，不讓我發出求救的呼聲。

「妳……哎……」紅龍似乎拿我沒辦法，我在他的手掌下用一雙無辜的眼睛眼淚汪汪地看著他，就像他是在欺負一個孩子。

孩子？沒錯，我就是一個孩子。

「不許喊！」紅龍嚴厲地命令著，我急忙點頭。

他緩緩放開我，我不再喊叫。

「妳到底是誰？」他眼中帶著期盼。

我假裝擦乾眼淚，然後繼續吃著手裡的糖葫蘆：「我叫相思，快樂的相思。」

「相思？哪裡人？」他銳利的眼睛牢牢盯著我的臉。

「骷髏島的人。」

「海盜！」他驚呼起來。

我點了點頭，繼續道：「姊姊還說這裡好玩，一點也不，這裡的哥哥好兇。」我看了一眼紅龍，紅龍失望地垂下了眼瞼，我繼續道：「骷髏島上的哥哥都很疼相思，相思要什麼他們就給什麼，也不會對著相思兇。」面具下的眼神變得越來越黯淡。

「這裡不好玩，我要回島上去。」

「慢著！」紅龍拉住了我，再次將我看了個仔細，「妳……認識雲非雪嗎？」

「雲非雪？」我木訥地看著他：「相思從小到大都不認識叫雲非雪的人，倒是聽說這裡打仗好像跟這個女人有關，哥哥你真奇怪，為什麼問這麼奇怪的問題？」

「我……看來妳的確不是她……妳們太不同了……」紅龍彷彿陷入了回憶，眼神漸漸變得柔和，這一刻，我覺得很心疼。無恨，我暫時不能認你，因為我還有很多事要做。

忽然，他抬手就扣住了我的下巴，往我嘴裡扔進了一顆藥丸，他冷聲道：「既然妳不是她，那妳就替我辦一件事情，事成之後，自會給妳解藥。」

「毒藥！」我故作大驚失色，眼淚立刻冒了出來：「哥哥為什麼要給相思吃毒藥？」

「因為妳像一個人，他們肯定會找上妳，讓你假扮她，到時妳就配合他們，然後在眾人面前揭穿他們。」

我依舊裝傻充愣：「哥哥在說什麼？相思聽不懂。」

「到時妳自然會明白，我會經常來看妳。」說罷，紅龍平地而起，消失在夕陽之下。

我緩緩擦乾眼淚，對著空無一人的院子道：「醜奴，你既然回來了，怎麼不救我？」

「哼！妳不是想進宮嗎？」他冷冷地說著，空氣裡彌漫著一股醋酸的味道。

我眯著眼看著他嚴肅的臉，然後走出房間撲向他，他被我撲了一個趔趄，我用自己的小腦袋頂著他的胸口：「醜奴——醜奴——我們去皇宮好不好……」

「哎……」醜奴將我抱在懷裡，又是一陣唉聲嘆氣，發現他自從找到我後，嘆氣的日子越來越多，不知道他會不會越嘆越變老。

忽然他將我拉離他的懷抱，嚴肅地看著我，厲聲道：「不許勾引拓羽！」我趕緊點頭。

「不許和夜鈺寒舊情複燃！」我再次點頭。

「不許調戲水無恨！」我拚命點頭。

「不許……」

「還有？」我嘬著嘴：「就這麼幾個男人，哪裡還有啊。」我抗議，這些男人又不是我勾搭來的。

醜奴的臉垮了下來，抱住我一臉擔憂：「妳實在太好色了，我真的很沒安全感。」

「滾！」我狠狠推開他，然後踹了他一腳，「你不是和我一起進宮嗎？還擔心什麼？」醜奴皺了皺眉：「主人，這次我不會陪妳入宮，我會轉入暗處。」

「什麼？」

「這樣才能更好保護妳，也更方便探查。」我想了想，覺得醜奴說得有理，我在明，他在暗，行事更為方便。

「我的主人！」他忽然拉過我，狠狠吻住我的唇：「就算我不在妳的身邊，妳的心裡也只能有我……」我在他的吻中點頭呢喃：「天，我回來了……」

「我知道……」夕陽下，我久久地依偎在叟天懷裡，不想離開……

拿起我的小背包，買了一匹白馬，然後開始招搖過市。

一身鮮豔的粉紅女裙，身下是一匹白如冬雪的駿馬，再加上我精神煥發，心情超好，整個人都光彩奪目，走在街市上，很快成為一個亮點。

女人，笑起來最美麗，而我的笑，是那麼幸福和甜美。

忍不住在心中自嘲，原來我也能從骨子裡媚出來。

「哎呀！那不是雲掌櫃？」說話的是順記老闆，他還記得我，我自然當作沒聽見，因為我是相思，我是快樂的相思。

「雲掌櫃！雲掌櫃！」此時有更多人叫了，我聽出是錦娘和福伯的聲音。他們攔在我的面前，我疑惑地看著他們，他們的眼神帶著欣喜和怯懦。

身邊傳來小聲的嘀咕，人群在離我一米處的地方開始聚集。

「雲非雪？不是死了嗎？」

「天哪，真是活見鬼了。」

「大白天的，說什麼鬼話，你看看，人家好端端的有影子。」

「難道她真是狐仙？」

心裡開始偷笑，這次入宮一定要好好折騰他們！

「雲掌櫃？是雲掌櫃嗎？」錦娘和福伯上前問著。我給了他們一個大大的笑容：「你們是誰？我是相思，快樂的相思。」

眾人頓時驚呼不斷，人群立刻騷動起來。

「原來她不是啊。」

「真像啊，簡直一模一樣。」

「這到底怎麼回事？」

只見遠方塵土飛揚，我笑了，有人來接我了。

一隊士兵驅散了人群，將我團團圍住。我疑惑地看著他們，馬兒開始在圈子裡轉圈圈。

一個圈子轉回來，我看見騎在棕色駿馬上的夜鈺寒，他看來很疲憊，也顯老了，臉上沒有以前溫柔的笑容，而是冷淒淒的哀愁。

他在看見我的時候，驚得目瞪口呆，策馬向我走來，我疑惑地看著他：「你就是他們的頭兒？為什麼要攔我？」

我的話讓他原本充滿期盼的眼神一下子黯了下來，他輕聲喚著我的名字：「雲非雪？」

「奇怪？你已經是第二個認錯我的人，我不是雲非雪，我叫相思。」說完，我還給了他一個燦爛的笑容。

他冷若冰霜的神情一下子化開，我看見了他臉上出現隱隱的溫柔。

但那絲溫柔很快再次消失，他失望地嘆了口氣，然後對我客客氣氣地說道：「請相思姑娘隨在下走一趟。」

「去哪兒？不好玩的地方我可不去。」

夜鈺寒的眼中滑過一絲寒光：「這恐怕由不得姑娘。」說著，他手一揮，士兵讓開了一條道，又進來一隊騎兵，將我困住，脅迫我和他們一起前行。

我忍不住咯咯笑了：「這還真有趣，好，就跟你們去看看！」

夜鈺寒不解地看著我，多半當我是個瘋子。

我揹著我的小背包，裝模作樣地看著皇宮裡熟悉得不能再熟悉的景色。和夜鈺寒搶書的桃花林，被太后審問的清明殿，拓羽讓我養傷的寢宮，被水無恨非禮的假山，與上官巧遇的水榭，和最後一次喝藥的書閣。

一幕幕再次浮現眼前，原來我在這裡留下了這麼多的回憶。

記得第一次來的時候也是春天，姹紫嫣紅的御花園讓我如同置身仙境。

而今又是一春，可身邊的花草卻是死氣沉沉，照看他們的宮女太監們都憂心忡忡。

「這是怎麼了？都沒什麼生氣，莫不是怕滅國？」我故意哪壺不開提哪壺。

走在前面的夜鈺寒忽然頓住了腳步，回身看我，我無辜地聳了聳肩：「蒼泯不是被圍了嗎？都是那個叫什麼雲非雪女人害的。」

「大膽！」夜鈺寒忽然朝我怒喝一聲，然後變得一臉頹然：「不許妳這麼說一個死人。」

我努了努嘴，繼續前行。看夜鈺寒的表情，好像還沒徹底忘記我。也難怪啦，死人特別容易讓人記住嘛。唉唉，那心中永遠的痛啊……

我忍不住一蹦一跳地輕哼我的歌：

「化作雲飛揚，相思風中藏；

聽我來歌唱，快樂齊歡享；

笑眼看世界，幸福無可擋；

誰說苦海無邊涯，只要心中志昂揚；

我就是快樂的相思……」然後我回頭看著呆立在路上的夜鈺寒，疑惑地問道：「不走了嗎？」

他恍然回神，再次走在我的面前，而我繼續哼我的歌，一旁憔悴的宮女太監們，在看見我又蹦又跳後，臉上出現快樂的笑意。

「好了，別再唱了！」夜鈺寒回身提醒我，「要見皇上了，注意規矩。」

我眨巴著眼睛，然後咧嘴一笑，原來他還是那麼刻板，一點都沒變。我忍不住抬手在他臉上很大逆不道地拍了拍，他當即愣住，眼中還出現一絲怒意，不等他說教發飆，我先蹦進了御書房。

餘光掃見了所有的人，我佯裝沒看見他們在御書房裡轉圈圈，像劉姥姥進大觀園一般大呼小叫：「哇——好大的房子呀。」

「放肆！」還是那個老太婆，一點也不客氣。

我回過頭，看著驚訝的拓羽和上官，以及倒抽冷氣的老太后，我笑了，笑得陽光明媚，卻看見他們的臉上都蒙上了一層陰霾，尤其是上官，身體還在輕顫。

「這位就是相思姑娘。」夜鈺寒恭恭敬敬地站在殿前，我站在他身旁開始玩他的袍子，他不動聲色地扯回自己的衣袖，然後補充道：「她相當頑皮。」

「相思？」太后沉沉的聲音迴盪在大殿裡，我站定看她，背手而立：「嗯，我是相思，快樂的相思。」太后的臉沉了沉，輕哼道：「不懂規矩！」

我立刻好奇地問道：「規矩是什麼？我在家裡我最大，沒人敢不聽我的話，規矩只是給那些下人定的，我又不是妳的下人，更不是你們蒼泯的人，講什麼規矩？」我噘著嘴看著臉色鐵青的老太后，她似乎在隱忍自己的怒意，硬是擠出一個笑容：「姑娘說得是，那相思姑娘是哪裡人？」

「骷髏島。」我隨意地說著，開始玩自己的頭髮，毫不理會他們臉上的驚訝，今天我就是要讓他們個個驚得冒汗。

「骷髏島？那個海盜島？」拓羽驚呼起來。

我笑道：「是啊，皇上知道得真多。」

「妳幾時去了那裡！」上官脫口而問。

「從小就在啊。」我也脫口而答。

「從小？」拓羽用懷疑的目光看著我，似乎還帶有一絲期盼，我決定徹底粉碎它。

「是啊，從小。從我生出來這麼點兒大，到現在這麼大，我的海盜爹爹說，我是海風吹大的。我還奇怪呢，人能吹大嗎？」我疑惑地看著上面所有人，還有許久不見的曹公公，繼續道：「後來相思明白了，因為既然牛能吹，為什麼人就不能吹？」我笑著，笑得天真浪漫。

然後，我就聽見了噴笑聲。

「哈哈哈……」上面的人都忍不住笑開了花，只有拓羽緊緊盯著我，彷彿在說：是妳嗎？到底是不是妳！

就在大家笑得正起勁的時候，我潑了他們一盆冷水：「然後我海盜爹爹就對相思說……」我開始學著海盜老爹的口氣：「相思，因為妳是吹大的，所以妳也會成為大人物。是男的，就能升官發財，可惜妳是女的，不過說不定能嫁給皇帝，做皇后甚至太后。所以相思就想，原來什麼皇帝、太后、皇后都是吹大的。」我說完眯眼笑著，聽說上官已經被封為皇后，可見拓羽是愛她的，正因為愛她所以才會保護她。如果說拓羽愛的是我，那為何不向上官追究？這證明了一點，就是拓羽信任上官。

其實拓羽愛的，一直都是上官，只是他不自知罷了。

真正的愛情，就是那麼平淡，容易被人遺忘。

眾人的笑聲嘎然而止，有些人開始咳嗽，御書房的空氣驟冷，冷得邊上的太監宮女直打哆嗦。

太后陰著臉揮了揮手，太監和宮女們都退了出去，隨手帶上了門。

「相思姑娘想必也聽說了蒼泯被圍的事了吧。」太后的臉上沒有昔日的光彩，而是歲月的滄桑。

我點了點頭。

「所以哀家想請相思姑娘幫個忙。」原來讓老太后出面，博取小姑娘的同情心啊。

我笑了起來，用海盜的本性問道：「有什麼好處？」

眾人一陣驚訝，我疑惑地看著他們：「我們海盜就是如此啊，說清楚講明白，開門見山坦蕩蕩，你們要我幫忙，沒好處怎麼行？」

「爽快！相思姑娘果然是個爽快的人。」太后用她讚許的目光看著我，看得我汗毛直豎，恐怕心底已有殺機了，想著利用完我後，要怎麼除掉比較乾淨，這死老太婆。

「我們要妳做的，就是假扮雲非雪，給四國一個交代，而好處就是黃金千兩。」老太后說得振振有詞，還以為黃金千兩有什麼了不起。

我翻了個白眼：「咕！黃金千兩不過是我海盜老爹的金山一角，我要自己選！」

「放肆！」上官怒吼了一聲。

我笑道：「你們皇宮不都有寶庫嗎？我要自己選，選一兩樣沒問題吧，再說，我選寶物從不看價值，只要是看對眼的，就算是破銅爛鐵我也視如珍寶，怎麼樣？」我朝太后眨了眨眼睛。她的眼底正積蓄著怒意。

哈哈，高高在上的太后，今日卻委曲求全地跟一個海盜丫頭討價還價，還沒有反對的餘地，真是吃鱉了，估計今天將成為她這輩子最恥辱的一天。

「就這麼辦！」拓羽沉沉說了一聲，然後拂袖離去。

太后和上官看著拓羽離開，眼中帶著憂慮。

太后對一邊的上官道：「皇后，這丫頭就麻煩妳安置了。」

「是……」上官應了一聲，曹公公扶著太后離去，經過我的時候，曹公公驚慌地看了我一眼就打了一個哆嗦，發現今天曹公公很乖，是不是被我那次惡整後就收斂了呢。

「相思姑娘請隨我來。」上官走在了前面，我蹦蹦跳跳像個猴子一樣跟在她的身後，今日陽光明媚，讓人心情舒暢。

十、真假雲非雪

上官坐上鸞駕，我就跟在一邊。

她有一句沒一句地聊著：「相思姑娘從小生活在海上，吃慣了海鮮，到了這裡會不會不習慣？」

唷，想試探我呀。

我笑道：「不會啊，海鮮我們的確作為主食，但我的海盜老爹很喜歡家常菜，他曾經搶了一個有名的廚師，把他關在島上一個月，直到他教會我們的廚子，才放他走。」

「這麼有趣？我還以為海盜都是殺人不眨眼的呢？像傑克船長那樣的，恐怕是小說才有吧？」

我疑惑道：「傑克船長？他是誰？我們島上只有阿猴兄，狗勝弟，豬仔，雞眼仔……不過我們不殺人，我們只搶奸商的船，然後就是搶那些殺人海盜的島，嘿嘿，這樣其實也是搶，只是覺得頗有正義感呢。」

「難怪相思姑娘不像是海盜。」

「自然啦，海盜老爹說了嘛，我是吹大的，以後要嫁帝王呢。」我說得自信滿滿，宛如一個不經歷世事的小姑娘。

「Fuck！」忽然，上官冷不防對著我說了一句，我裝作沒聽見看著周圍的景色，嘴裡哼著自己的小調。

「Bull shit！」我依舊不理。

「Foolish！」我轉過臉疑惑地看著上官，然後指著自己：「皇后是在跟相思說話嗎？」

上官在鑾駕上淡淡地笑著：「不是，怎麼相思姑娘能聽懂？」

「不是啊……」我睜大了眼睛：「皇后妳好奇怪哦，哪有人好端端地突然自言自語啊？相思還以為娘娘在跟相思說話呢。」

上官的臉陰了陰，我立刻裝作小心翼翼地湊近上官的鑾駕說道：「娘娘以後別這樣了，會被別人當神經病的，如果您真的忍不住想說話，就像相思這樣，唱出來，唱歌就沒人當妳有毛病了。」

我很是認真地看著上官，上官放在鑾駕扶手上的手開始握緊。

我看著她氣得發白的臉，關切道：「娘娘的臉色好白呢，是不是因為最近的事情影響了妳？妳不要怕，相思既然答應了你們假扮雲非雪，就會演好！」上官的眼睛倏地瞪大，慌忙掃了掃左右，此刻只有她幾個心腹的宮女在身邊，剩下的就是那幾個抬鑾駕的太監，她立刻大聲道：「非雪啊，妳只是失憶了，妳放心，我一定會請最好的大夫為妳治病。」說完，她狠狠地瞪著我，壓低聲音道：「從這一刻起，妳就是雲非雪，明白了沒！」

「哦……」我驚駭地瞪大了眼睛，在上官身邊開始默唸：「我就是雲非雪……我就是雲非雪……我就是雲非雪……」

「住口！」上官依舊壓低聲音對我吼著，然後見我睜著傻傻的眼睛看著她，她撫著太陽穴開始搖頭：「Foolish……」

「佛理師？」我訥訥地看著上官，她的神情開始變得痛苦，一種受不了我的痛苦。

「相思不學佛的……」

「夠了，妳別再說話了。」

「哦，那我唱歌。」

「別！妳也別唱歌，安靜，能安靜會兒嗎？」

於是我乖乖地不再說話，不再唱歌，只是我開始到處拈花惹草……

他們將我安排在錦華宮，真不知道是不是上官故意的，這個寢宮就在瑞妃的露華宮隔壁，看見那個女人我就鬱悶。不過在那個女人看見我的時候，她還真是嚇得花容失色呢。上官在安置我之後，就撫著腦袋急速離去，估計再和我待久點會徹底發瘋。

負責我起居的是一個叫小坤子的太監和一個叫香凝的宮女，然後我就聞到了許多陌生人的味道，估計是監視我的鬼奴。在那些鬼奴裡還混有一縷熟悉的味道，我安心地笑了，他隱藏在裡面，時時刻刻地保護著我。

晚上，我在院子裡做著飯後消遣，和小坤子以及香凝圍著一堆篝火一起蹦蹦跳跳，這就是我現在扮演的角色，一個瘋丫頭，一個讓他們頭疼的瘋丫頭。

一跳一躍之間，白色的衣襬隨著我的跳躍而飛揚，經過院子因好奇而進來的宮女都愣愣地站在一旁看著我，眼中是隱隱的恐懼，可最後她們還是加入了我的隊伍，和我一起圍著篝火又唱又跳。

正跳著，瑞妃就怒氣衝衝地闖了進來，還帶來一群太監，厲聲道：「給本宮拿下！」

那些太監蜂擁而上，小宮女們立刻躲到了我的身後，我昂首挺胸地站在篝火前，喝道：「誰敢！」

瑞妃一下子愣住了，她眨了眨眼睛回過了神怒道：「妳這野丫頭，此處是皇宮豈容妳放肆，妳真是……」瑞妃指著我的篝火：「簡直無法無天！影響本宮休息！」

原來害她睡不著覺了，我假笑著：「娘娘，如果您想睡好覺還不難，吶！」我從頭上拔下了髮簪，瑞妃呆滯地問道：「幹嘛？」

「戳破耳朵啊，戳破了就什麼都聽不見，不就能安心睡覺了？」身後的宮女立刻倒抽一口氣，個個都嚇得臉色發白。

「妳！妳！」瑞妃氣紅了臉：「來人！給我拿下！」

於是太監再次擁了上來，我輕鬆閃躲他們的抓捕，從這個胳膊下鑽過，從那個身側滑過，再從這個手下溜走，又從那個頭頂飛過。總之，院子裡一下子雞飛狗跳，熱鬧不已。

我看準機會就落到了瑞妃的面前，揚起一抹邪笑：「瑞妃，妳確定真的要抓我嗎？」

我認真地看著她，此刻我是雲非雪，而不是相思，身後的太監跑了上來，就擒住了我的雙手。

瑞妃怔愣地看著我，我冷冷地看著她：「就算我不吵鬧，妳晚上就能睡得著嗎？」

一陣陰風掃過，揚起了我和瑞妃的髮絲，我輕聲道：「妳不覺得冷嗎？」

「冷？」瑞妃驚慌地看了看左右。

「現在已經是五月了，可為什麼皇宮裡還是這麼冷？」

又是一陣比方才更強烈的陰風掃過，此刻就連抓我的太監都開始打哆嗦，我輕笑著看著面無血色的瑞妃：「妳怕什麼？妳不過是打了雲非雪，她不會來找妳的。」

瑞妃的眼睛驀然瞪大，右手指著我，食指在風中顫抖：「妳…妳…妳怎麼知道……」

「我？哼！我是海盜的女兒，知道的事可多了！妳還是老實點好，我可不是那個好欺負的雲非雪，妳先搞清楚妳面前的是誰！」我甩了甩胳膊，身後的太監立刻放開了我。

瑞妃的臉上揚起了蔑笑：「妳是誰？妳不就是一個海盜的女兒嗎？」

「是，我只是一個海盜的女兒。」我冷笑起來：「但我現在可是你們蒼泯的恩人，也是老太后請來的貴人。如果沒有我，四國一打上來，妳還能做妳的瑞妃，舒舒服服地洗妳的熱水澡嗎？」

我充滿威脅地看著她，瑞妃怔愣地呆立在原地。

我繼續道：「妳也不過是個小小元帥的女兒，你爹手上也不過就幾萬士兵，可我身後卻是整個海盜，妳知道嗎？妳知道海盜有多少嗎？」

「多少……」

「哼！足足是你們的五倍，如果我在這裡少了一根手指頭，他們就會踏平蒼泯。告訴妳，我們海盜可不憐香惜玉的，我們上了岸只搶三樣東西，知道是什麼嗎？」

「什麼……」

「糧食！銀子！美女！所以像妳這種他們最喜歡了，不過妳畢竟是二手貨，大概也只能陪睡而已吧。」我抿起嘴，皺起眉，上下打量著瑞妃：「而且年紀也有點老了，說不定我們會賣給人口販子之類的……」

「妳……妳……」瑞妃先前氣得臉色通紅，此刻卻變鐵青了：「妳胡說！海盜哪能那麼容易進蒼泯！哼，妳別當我不知道，海盜要進入蒼泯，首先要過佩蘭那關！」沒想到瑞妃此刻沒被我嚇懵，腦子可清醒了，「只怕你們還沒上岸，就被佩蘭打得落花流水了，哈哈哈……」瑞妃開始得意大笑。

我聳了聳肩：「好吧，我承認，我們對佩蘭還有所顧忌，但四國呢？只要你們交不出雲非雪，你們蒼泯註定被滅！」一句話讓瑞妃收住了笑容。

「到時還不是一樣？妳還是要淪為亡國妃子，聽說那四國國主的眼光還頗高，像妳這樣的貨色他們還不一定要，說不定還是要被賣。哎……瑞妃，妳就做好被賣的心理準備吧……」我惋惜地看著她，她痴痴的神情宛如丟了三魂七魄。

我同情地看了她一眼，陰陰地說道：「如果今天站在妳面前的是雲非雪，我看妳非得跟她跪地求饒不可，否則只有死路一條！」忽然一陣陰風刮過，瑞妃恐懼地看著沒有半點星光的天際。然後一個轉身逃也似的離開了我的院子，我幽幽地笑了，暗道：謝謝你們。

「嘩啦嘩啦」數隻烏鴉飛離了牆頭，引來宮女們的驚呼，方才那些陰風正是牠們的「傑作」。

一年不見瑞妃還是如此囂張，她是因為有瑞家做靠山，但在這次平息水酇的內亂中，瑞家和水家已是兩敗俱傷，只要拓羽收回兵權，瑞家就會從此垮臺。但是拓羽不會，至少暫時不會收回瑞家的兵權。儘管這次是個好機會，但外敵已經兵臨城下，如果他此刻動瑞家，只會引來更大的內亂。

哼，只要外敵一退，瑞妃囂張的日子也就不多了。

夜半時分，煛天來了，他什麼話沒說就先給了我一副畫卷，我疑惑地看著他，他只是指著畫卷，努努嘴。我狐疑地打開了畫卷，瞬間愣住了，只見畫卷上不是別人，正是我雲非雪。

「畫我做什麼？」我疑惑地問著。煛天輕笑一聲：「這是妳的好姊妹，寧思宇特地找來對付拓羽的祕密武器。」

「什麼意思？」

「現在大家都已經知道拓羽找到了雲非雪，可以澄清當初墜海事件的真相，平息四國的眾怒，但他們心裡都對妳這個雲非雪存有質疑，所以我探聽到北冥將會向蒼泯下書，要求公審雲非雪，證明其真偽，而接到消息的寧思宇料準了妳是個冒牌貨。」說著，煛天戳了我一下鼻子，「所以她就找了另一個人來假扮雲非雪，誓要讓蒼泯滅國。」

我聽了有點不可置信，不過這倒是思宇的作風沒錯。

「所以柳讕楓就以身體欠佳的為由，拖延舉行公審的日子，就是為了訓練他們找來的雲非雪，這下可真的熱鬧了。」

久久沒有笑容的煛天在今天卻露出了充滿玩味的笑，他看向我說道：「我看妳也別添亂了，不如就讓他們自己鬧下去，我覺得事情變得越來越有趣，實在捨不得這麼快就結束。」

煛天的話正合我意，到時真假雲非雪對簿公堂，又會是怎樣的情景？想想就激動。

「他來了！」煛天冷笑一聲，退入黑暗。

不一會兒，一個黑影落到我院中，他推開窗就躍了進來，看到我站在窗邊迎接他的時候，他愣了一下，不過他迅速回神，轉身關上了窗。

「妳沒事吧？」說完他愣了一下，看著我可憐巴巴的臉再次嘆了口氣：「看來妳沒事，對不起，我……」他面對我總是無法表現出他身為紅龍冷峻的那一面。

我眨巴著眼睛，他緩緩抬起了手，似是要撫上我的面頰，我立刻感覺到身後射來兩束帶有殺氣的目光。水無恨的手最終還是在嘆氣聲中垂落：「妳始終不是她……」

「幸好我不是。」我說話了，口氣很輕蔑：「我才不要做雲非雪呢，是她挑起了戰爭，是她讓大家痛苦。」

「不！」水無恨打斷了我，眼中充滿了怒意：「妳又知道些什麼！是他們在利用她！這些混帳，她都死了卻還要利用她！」

「那你呢？」我看著他，水無恨愣道：「我？」

「你現在不是也在利用我幫你報仇嗎？如果雲非雪還活著你也會利用她！」

水無恨的眼中立刻閃過寒光，當即抓住了我的胳膊：「妳知道什麼？妳到底是誰？」

我嘴角歪歪，笑容邪邪：「我是相思，是海盜的女兒，海盜什麼都知道。我知道你是誰，也知道你在為誰報仇。」水無恨的眼睛牢牢盯住我不放，殺氣漸漸產生，「你不只是為了你父親、雲非雪，還有你的……親生母親。」話音剛落，水無恨抬手就掐住了我的脖頸，我一下子就害怕起來：「別殺我，別殺我，我只是知道但我不會說出去的，而且你給我吃了毒藥，我會乖乖聽話。你放心，在公審的時候我會說自己是假貨，真的，我發誓！」

「哼！雲非雪是不會求饒的！妳連假扮都扮不好，根本不用妳承認，拓羽的謊言就會不攻自破！」水無恨狠狠地放開我，「妳給我好好聽著，妳只要做妳自己就行了！」說完，他再次瞪了我一眼，看到我一臉驚嚇，他的神情漸漸放鬆，柔聲道：「對不起，我本不想利用妳的，等這件事結束，我定會給妳解藥……」

我依舊害怕地看著他，他對著我張了張嘴，似乎要說什麼，最後他還是重重地嘆了口氣，消失在黑夜之中。

我揉著自己的脖子，忍不住一肚子火，這怒火不是來自水無恨而是炅天，他也不出來阻止一下，就算現在跟上去把水無恨扁一頓也可以嘛，就只會在暗處偷笑，而且笑聲還越來越大。

「別笑了，怎麼我被人要脅你這麼開心！」我憤怒地看著炅天再次從暗處走了出來，他的臉上是隱藏不住的笑容：「我只是從沒見過妳害怕求饒的樣子。水無恨說得對，雲非雪不會求饒，她寧死不屈，今日我第一次看到也是一種榮幸。」

「討厭！」

炅天緩緩將我攬到身邊，看著水無恨消失的地方，感嘆道：「其實我比他幸福多了，我有妳，而他……卻一無所有……」聽著炅天的話，心裡也覺得酸酸的，不由地說道：「是啊，你還有幽國，要不我跟他走，這樣公平一點。」

「不行！」炅天當即厲聲打斷我：「雖然他很可憐，但妳，我是不會讓的！只希望將來有個女人能好好愛他……」炅天再次悵然感嘆。

懷裡的赤狐令隱隱發熱，要有一個愛他的女人不難，但要他愛的女人就……如果愛情真能輕鬆轉移，那這個世界也將變得冷漠無常吧。

心裡總覺得虧欠水無恨，一夜無法安心入眠，夢裡總是看見柳月華哭泣的臉，好似在求我給水無恨多點關愛。我不是不想，但這種施捨一般的溫柔只會給水無恨帶來更多的痛苦。

早上醒來的時候，雙眼紅腫，都是被柳月華折騰的。

起來沒多久，就被帶到上官的寢宮。

「相思姑娘，本宮替蒼泯的老百姓謝謝妳。」上官坐在她的鳳椅上，淡淡地看著我。茫然間，我覺得她的舉止越來越像那個老太后。

「不用不用。」我笑著：「拿人錢財，與人消災，我們本就是公平交易。」

上官的臉沉了沉，認真道：「既然如此，那接下去的幾天請相思姑娘進行一些訓練，一些關於雲非雪特徵的訓練。」

「咦？」我疑惑地看著上官：「莫非皇后跟這雲非雪很熟悉？不然怎知雲非雪的習慣？」

「我們……我們本是好姊妹。」上官垂下眼瞼，眼中是深不見底的黑暗。

「好姊妹？」我看著她，將誣陷進行到底：「那就奇了，好姊妹為何要殺她？」

「我沒做！」上官的眼睛驀然睜大，氣息開始不穩，在她的美眸裡映出了我邪邪的影子，她怒道：「那都是外界謠傳。」

我無聊地開始蹺自己的凳子，雖然知道兇手是水嫣然，可我還是忍不住想讓她心慌慌。

我故意接著說：「原來皇族真的很無聊。若這雲非雪是普通人，也頂多是件謀殺案，甚至可以在皇族的勢力下改為意外事故。可現在，她卻是那些國主的朋友，又是北寒國主的妹妹，聽說她還是幽國未來的國母，她這一死，又死得不明不白。」我話說得平淡，飄盪在空氣裡。

「妳說什麼？雲非雪是幽國的皇后？」上官不可置信地看著我，我疑惑道：「怎麼皇后沒聽說嗎？幽國幾個月前早已經公開了。不過真是奇怪了，最該緊張的幽國怎麼還沒動靜？沒道理啊……」我假裝疑惑地搖頭晃腦，百思不得其解。

上官的身體微微顫動了一下，放在案几上的手微微顫抖。我繼續說道：「這雲非雪一死，傳聞立刻出現，說是有人親眼看見皇后……咳咳……也就是您上官柔，將雲非雪騙至船上游湖，而後推她下水。哎呀呀，說得好像真的一般有模有樣，有板有眼，有證有據。皇后您做事怎麼會這麼不小心，應該跟我好好學學，記住做壞事不一定要自己動手，即使動手也要記得戴上人皮面具。」我提醒著上官，這件事，是別人冒充她而為。

「我沒做過！出去！妳給我出去！」

沒想到上官因為激動而沒聽出我的弦外之音，反而趕我走。

奇怪？她又在心虛什麼？

十一、說佛理

上官顫抖的手在空中顯得無力，她之所以害怕是因為她根本不知道當時真實的情景，當她醒來之時我就已經落水，而她就成了那個罪魁禍首。

呵……這也是她應有此劫，雖然她知道自己沒做過，但沒抓到兇手之前她永遠都無法擺脫嫌疑，久而久之，她也會懷疑是不是自己精神錯亂推我落水？畢竟她之前在蠱毒的作用下就經常產生幻覺。她因為心中對我的恨而心虛，當周圍所有人都認定是她做的時候，她也開始問自己：到底是不是我做的？

我站起身，外面的風飄進來，我聞到了那個熟悉的味道，她果然來了！不過她怎能不來？沐陽出現了一個「雲非雪」，她怎麼也要來看看究竟是真是假，於是我大聲說道：「不知是誰和蒼泯有這麼大的仇恨，將所有的謠言散布出去，欲至蒼泯於死地。哈哈，皇后真可憐，成了犧牲品呢！」

上官驚愕得看向我：「妳……妳到底是誰？」她驚訝的眼神似乎不相信我這麼一個看上去傻呼呼的海盜丫頭，居然能分析得如此一針見血。

「我是相思啊！不然皇后以為是誰？」我說罷還朝上官調皮地眨眨眼睛，燦爛地笑著：「太好了，今天不用訓練喔。」我轉身就跑了出去，然後假裝很驚訝地看著站在門外的拓羽和夜鈺寒，以及躲在夜鈺寒身後的水嫣然。

我看著拓羽瞪大了眼睛：「哎呀！皇上，您是來看皇后的嗎？她好像氣色不大好。」拓羽不說話，只是定定地盯著我，給了我警告：「誰說妳今天不用訓練？鈺寒，她今天就交給你和你的夫人了！」

「是……」夜鈺寒皺起了眉，彷彿接了一個燙手山芋。

春風徐徐，鳥聲幽幽，就算外面戰火連天，動物依舊消遙生活。

湖水邊，涼亭裡，夜鈺寒跟我講述著雲非雪的故事，可惜只限於沐陽那一段，一旁的水嫣然一直盯著我瞧，而我就無聊地用糕點餵鯉魚。

整個過程無聊至極，我借上廁所之名逃離了涼亭，沒想到水嫣然居然跟了上來，她遠遠跟著我，跟得很小心，我拐入偏僻的院落，躲在拱門邊上。當水嫣然從拱門經過的時候，我跳了出來，水嫣然被我的突然出現嚇了一跳：「啊！」

我雙手環胸，冷冷地看著她：「這不是夜夫人嗎？為何跟著小女子？」

水嫣然眼神遊移，良久，她才堅定地看著我：「妳到底是誰？」

我嘴角微揚：「不知夜夫人與這雲非雪到底是何關係？」

「我們……只是認識。」

「只是認識？」我邁進一步，水嫣然慌亂地往後退了一步，我逼近她：「既然只是認識，夜夫人為何如此關心我的身分？是在緊張什麼？」

水嫣然視線恍惚了一下：「我沒緊張什麼，只是好奇，好奇天下怎會有長得如此相像的人。」

「好奇？」我笑了：「莫不是妳懷疑我這張臉……是假的？」我一下子搶步到她的面前，她驚得又往後一退，我說道：「要不要摸摸，要不要……」我邊說邊往她逼近，她害怕得直往後退。

記得當初她要殺我的時候可沒有絲毫恐懼，怎麼今天反而怕成這樣，哼，這就叫心裡有鬼。

忽然，她後退的時候似乎被什麼絆了一下，我伸手向她扶去，可心裡卻又遲疑了一下，只這一會兒的遲疑，水嫣然便跌落在地上，痛苦地呻吟：「疼……好疼……」

豆大的汗珠從她的臉頰滑落，秀美的臉因為痛苦而扭曲，我站在她的身旁暗自納悶，按道理這一摔並沒有摔得那麼嚴重啊。再仔細一看，才發覺水嫣然撫著自己的小腹，難道……正想著，有人就往這裡跑來，邊跑邊喊：「嫣然！嫣然！」是夜鈺寒。

我立刻蹲下看著水嫣然：「難道妳有了身孕？」還沒等水嫣然說話，夜鈺寒就匆匆抱起了水嫣然，憤怒地瞪著我：「相思姑娘，貪玩也要有個限度！」

靠！居然以為是我幹的。不過……我的確沒扶她，多少也有責任。

「鈺寒……」水嫣然在夜鈺寒的懷中虛弱地輕喃：「不關相思姑娘的事，是我自己不小心……」夜鈺寒不顧水嫣然的解釋，大喊著：「御醫！快叫御醫！」

於是，周圍的宮女太監手忙腳亂地跑去找御醫。水嫣然的否認讓我覺得疑惑，她袒護我，我應該要感到感激，但面對這個比上官還要反覆無常的女人，我實在不敢掉以輕心。

「嫣然，不會有事的。」夜鈺寒輕柔地安慰著懷中的水嫣然，然後抬眼看著我淡淡道：「相思姑娘，對不起，誤會妳了。」

「不會！」我聳聳肩：「反正已經被誤會慣了。」夜鈺寒愣了一下，我走到水嫣然的身旁，她痛苦地喘著粗氣，我抬起手按在水嫣然撫在小腹的手上，此刻水嫣然已經疼痛得毫無反抗能力，她眼中帶著恐慌，但卻任由我按在她的小腹上。

她按在小腹上的手握成了拳頭，夜鈺寒看著我，不解道：「相思姑娘妳要做什麼？」

「穩胎氣。」說罷，我將一股真氣小心翼翼地輸入水嫣然的體內，在輸送的過程中，我發現水嫣然的體內有蠱蟲，不過是藥蠱，估計是水嫣然體質太弱，她的母親放入蠱蟲給她安胎用的，那麼剛才她摔一跤不是動了胎氣，而是她體內的蠱蟲受到了我情緒波動的影響，造反了。

這下鬱悶了，以後都不能在水嫣然面前發脾氣，畢竟孩子是無辜的。

天哪，我本來要報仇的，怎麼結果卻成了救她啊。難道這是天意？是老天爺要我放棄仇恨？這讓我想起了放下屠刀，立地成佛。阿彌陀佛……鬱悶啊……

水嫣然的臉色漸漸好轉，淡淡的血色浮現在她的臉上，她疑惑地看著我，我艱難地克服心裡障礙給了她一個寬容的笑。夜鈺寒欣喜地笑著：「沒事了，沒事了，謝謝妳，相思姑娘。」

「呵呵……」心底實在笑不出來，我承認我是小人，無法對水嫣然當初的所作所為釋懷。

水嫣然拉住了我的手，凝望著我，彷彿有千言萬語：「原諒我……」

「欸？」這倒把我嚇了一跳，乾笑道：「夜夫人何出此言？」

水嫣然依舊拉著我的手，對夜鈺寒道：「放下我。」夜鈺寒也疑惑地看著水嫣然，猶豫著不放手，沒想到水嫣然忽然提高了嗓音：「放下我！」夜鈺寒愣住了，呆呆地將她放下，水嫣然此番兩隻手都抓住了我的胳膊：「求妳，原諒我！」

「啊？夜大人！」我看向夜鈺寒：「夫人腦子是不是……怎麼說這麼莫名其妙的話？」

「求妳！」水嫣然忽然大喊起來，周圍的人在那一刻都愣住了，她聲音哽咽著：「求妳……看在孩子的份上，原諒我……」她身體的力量幾乎全部掛在我的身上，若不是我此刻扶著她，她已經跪在我的面前。

「一切……一切都是……」忽然一道銀光滑過，水嫣然還未說完的話就此淹沒在她的口中，她在我的面前癱軟下去，陷入昏迷。

我抬頭看著周圍，牆上出現一個黑色的身影，他朝我點了點頭，便消失在我眼前。

天，小心啊，對方可不是普通的對手。

「嫣然！嫣然！」夜鈺寒立刻抱住了水嫣然，「相思姑娘，快看看，嫣然到底怎麼了？」

怎麼了？被人暗算了吧。我大致看了看水嫣然的氣色，並無大礙，一時也說不出所以然，於是裝模作樣道：「放心，夜夫人只是因為情緒激動而昏過去了，你還是快帶她回去好好休息吧。」

夜鈺寒聽罷立刻抱起水嫣然遠去，而我也抽身尋找叟天的氣味。他方才跟上了那個人，我只要跟著他的氣味，就能找到那個罪魁禍首。

繞來繞去，最終我還是失去了叟天的氣味，心裡有點急，但對他也不是很擔心。如果是他，一定會平安回來。既然跟丟了，就打算回去，才發覺自己不知身在何處，只聽見一陣陣的木魚聲。

「咚、咚、咚、咚……」這個人似乎很虔誠，在這個冷血的皇宮裡，是誰會為大家祈禱？還是在為他們的罪行求恕？我猜後者的可能性比較大點。

順著木魚聲，我到了一間佛殿，空氣裡彌漫著淡淡的檀香，而面前有一尊佛像，佛像的面前正燃著清香。蒲團上，坐著那個敲木魚的人。此刻她的口中正唸著佛經，居然是老太后。哼！果然是壞事做多了，難道以為唸唸佛經就能恕清自己的罪過了嗎！或許她只是想求個安心吧。

我大步走了進去，並故意咳嗽兩聲：「咳！咳！太后您參佛啊！」木魚聲漸止，老太后從蒲團上站起身，由一旁的小宮女攙扶著坐到了椅子上。她抬眼看了看，見原來是我，淡笑道：「原來是相思姑娘啊。」

「嗯，老太后也信佛？」我盤腿坐在蒲團上，看著這個雙鬢斑白，容顏憔悴的老人家。

老太后手捻佛珠，緩緩點頭：「相思姑娘，妳可真是頑皮啊。聽皇后說，妳不好好接受訓練，到處亂跑是嗎？」

「呵……相思就是相思，為什麼要做別人？而且不是說雲非雪失憶了嗎，既然失憶為何不能改變性子？」

老太后聽了微微點頭：「相思姑娘說得有幾分道理，但人的性子是無法改變的，倒是怕出紕漏，連累了姑娘。」此刻的她寧靜而祥和，不知是不是剛剛唸完經的緣故。

我轉為疑惑地看著老太后：「不是說人之初，性本善嗎？既然人生出來都是善良的，那為何後來性子都變了呢？所以性子是可以改變的，就像一念成佛，一念成魔，這都是人自己的選擇。」

太后垂下的眼皮抬了抬，捻著佛珠的手停了下來。

我繼續道：「都說苦海無涯，回頭是岸。相思一開始也想不通，因為苦海無邊無際，就像大海一樣，身處在裡面，根本沒有方向，只有繼續沉淪，就算眼前有一片海岸，也不敢貿然上去。」

「為何？」太后將視線落在我的身上，再次慢慢捻動她的佛珠。我無奈道：「沒勇氣啊。自己已經熟悉了這片大海，雖然深沉、恐怖，但那片海岸卻是更加未知的地方，或許有無法預計的危險。不過，最後相思還是鼓足了勇氣上了岸，才發現在岸上，天是藍的，雲是白的，心靈是純淨的。每個人都在苦海裡掙扎，其實一直有一片純淨的土地在自己的心裡，肯不肯上岸，就要看各自的勇氣了，太后……」我看向太后，緩緩問道：「您上岸了嗎？」

太后愣住了神，手指立時頓住。

我看了看她凝住的表情，繼續道：「相思有位朋友，他性格很隨和，也很快樂。有一天，他的父親殺了一頭小鯨很是得意，但沒多久，他的父親就死於鯨腹之中，我們那裡的鯨其實很溫和，不會隨便襲擊人類，大家便說那頭鯨是在為自己的孩子復仇，相思的朋友因為死了父親，痛苦難當，便開始踏上復仇之路。他從此不再快樂，不再關愛自己的妻兒，不再關心身邊的朋友，因為他的眼睛裡，只有那頭鯨。結果當他復仇成功之時，妻兒朋友都早已不在身邊，落得一個孤寂，成了一個行屍走肉般的酒鬼，還不時害怕那頭鯨是否會化作厲鬼來要他的命，整日生活在復仇和痛苦的陰影中。太后，您覺得他這樣值得嗎？」

「妳……」太后抬起她握有佛珠的手指著我，我立刻撇過臉，跪直身體朝菩薩拜了拜，站起身看著太后：「其實佛經普渡的不是人，而是人心。」

感謝我的海盜老爹，教會了我這麼多東西。更感謝我的聰明腦袋，除了數學理化，其他東西都領悟得很快。

太后怔怔地看著我，我不指望她能放棄心病，但希望她能從今天後有所收斂，否則她永遠都只會活在自己製造的囚籠之中。

我並沒有向太后請辭，逕自走出了佛殿。此刻夕陽正紅，風兒正暖，若沒這日落西山，又怎會有明日的紅日東升？殘念破才會有希望生，做選擇很難，難就難在突破自己，但一旦突破，面對的將是更廣闊的天空。

這次的機緣不僅單純讓我跟太后說佛理，彷佛是老天刻意安排讓我放棄執念，凡事都有其因果，正是他們殺雲非雪的因，才會有今日蒼泯被困的果。而我又何必執著於復仇，要讓他們好看？

心境一下子開闊起來，我在夕陽下久久佇立，感受著那片金色的溫暖。但這只是片刻的純淨，在上官命宮女叫我去她那兒的時候，我心中醜陋的暗流再次覆蓋了那片淨土。

心裡將上官狠狠罵了一番，連晚上都不讓我清靜。

不知上官是不是被拓羽安慰過了，晚上開始給我詳細地講解雲非雪的為人，我聽得差點睡著。忽然覺得他們都很可憐，太后、拓羽、上官都很可憐。他們正在為了保住蒼泯而努力，為國家安危而放下了皇室尊嚴向一個海盜丫頭低頭。在上官講的時候我開始想，是不是因為他們此刻變成了弱者，讓我心裡對他們產生了同情呢？

晚上回去的時候，瑞妃被安排到了其他宮殿，聽小坤子說是皇上安排的，為了讓那個女人不再打擾我休息。我忍不住笑了，世界就是這麼現實，當我成為他們唯一的救命稻草時，他們處處都會把我放在第一位。可憐的瑞妃，又要住冷宮了。

第二天，叟天也沒有出現，心裡開始著急，而拓羽他們的訓練依舊繼續，我自然還是心不在焉。我睡著，就被上官拍醒，我再睡著，就再被上官拍醒，一再輪迴。最後上官嘆著氣道：「這點妳倒是和她很像。」然後我傻傻地對著她笑。

我知道他們心裡急，因為公審就定在三天之後，要在三天內塑造一個百分百雲非雪對他們來說實在勉強，再加上我又這麼頑皮。而我心裡更急，因為直到晚上，叜天還是沒出現，這可不是正常現象，我心裡暗道：如果你再不出現，老娘就真的勾引拓羽去了！

沒想到，叜天沒出現，刺客倒是出現了。

這些人很明顯是刺客，因為負責監視我的鬼奴在我來到的第二天就被撤回，估計是發覺我沒什麼異樣。所以他們來的時候，我立刻吹熄了房間裡的燈火。

「咻！咻！咻！」幾枚銀針射了進來，寒光滑過空氣，直逼我的面前，我連退數步，忽然腰間被人攬住就躲過了那些暗器。

我怒道：「你總算來了！」

「就是為了跟蹤他們，才回來晚了！」說著，他就從窗戶躍了出去。

我坐在桌邊嗅著空氣中的殺氣。這幫刺客要倒楣了，居然敢刺殺叜天大人的未婚妻，找死。

「喂！乾淨點，我討厭慘叫和血。」我喊了一嗓子出去，然後開始數數。

「一個！」寂靜的空氣裡聽不到任何慘叫，卻帶出了一絲血腥。

「兩個！」速度之快，相當於秒殺。

「三個！四個！五個！」寒光四起，只聽見屍體摔落在地上的砰乓聲。

然後他提著劍回來，我點亮了燈：「一劍一個？」

「嗯！」叜天抱劍站在桌邊，臉上的刀疤因為他的憤怒而扭曲。

我看著直皺眉：「好了，現在你已經不是醜奴了，拜託你把面具拿下來好不好。」

「不要！」叜天當即拒絕，眼神滿是他孩子氣的倔強。

「為什麼？」

他很是得意地笑了笑：「怕喜歡妳的那些男人自卑得想自殺。」

噗……吐血，好不要臉的男人，我翻了個白眼。

「還有，在外面我是隨風，現在我就是妳的醜奴。」

無言，身分好多……好吧，我也不喜歡叟天，還是隨風那個時候可愛點，可惜……他長大了。

十二、反噬

我瞟向了門外，遠處火光閃耀，正有人朝這邊趕來。

「沒弄髒我的院子吧。」我問道。

「沒！雲非雪大人的命令，我怎敢不從？」

「嗯……」我很是讚賞地看著我的醜奴，此刻那些人已經趕到，將院子照得亮如白晝。

「啊！」是凝香的叫聲，八成是感覺到外面人聲嘈雜，結果從房間裡出來就看見了屍體。

一隊侍衛迅速進入我的院子，就連拓羽和上官也來了。

「啟稟皇上，全都一劍封喉，無一活口！」

我緩緩打開房門，和醜奴一起走出了房間，當眾人看見我身邊的醜奴時，都露出了驚訝的神色。

一絲詫異滑過拓羽的臉龐，他身旁的上官則是睜圓了眼睛，他們驚訝我身邊何時多出了一個醜奴，而且他們甚至不知道他的存在。

「相思姑娘沒事吧。」不愧是帝王，拓羽最先恢復了平靜，面帶微笑，關心地問著。

我對拓羽微微一笑，然後走到院子裡，開始翻看屍體，醜奴緊緊跟在我的身後。拓羽的侍衛正要上前，拓羽揚起了手，他們立刻站定，緊緊地看著我，宛如我是危險人物。上官低眸躲在拓羽身側，但依舊時不時往地上的屍體瞟。

院子裡躺著五條黑影，都是一劍斃命，乾淨俐落。叟天割了他們的氣管，血跡較少，死狀也不恐怖，人死的時候也無法發出慘叫，可以說是一種比較安靜的死法。若是割到大動脈，那可就是血灑滿院了。

所有人都看向我和醜奴，顯然不甚理解我們的行為，我站起身淡淡問道：「你沒留活口？」我此話一出，拓羽他們的臉上再次出現驚訝之色，我說這話就表示這些刺客全部都是由我身邊這個醜奴解決，而醜奴的回答則讓他們鬱悶，只聽他淡淡說道：「呃……忘了。」

我算是敗給叟天了，我對著拓羽揚起傻呼呼的笑容：「皇上您這裡太沒安全感了，保衛措施也好差，若不是我的醜奴，恐怕今日就要命喪皇宮了。像這種事，在骷髏島根本不會發生。」

拓羽的臉沉了下去，對著身邊的侍衛長怒道：「徹查這件事，否則就拿你的腦袋來見我！」

侍衛長一個哆嗦，趕緊下跪：「是！」

我接著道：「看來是有人不想讓我恢復記憶啊，哎……到底會是誰呢？」

「這就不用相思姑娘操心，既然姑娘身邊有如此高手，也不必擔憂，夜已深，請姑娘好好休息。」拓羽態度還算恭敬，估計他回去要徹查的不僅僅是這些刺客的來歷，還有我，以及醜奴。

「來人，把這裡清理乾淨！」

「是……」眾侍衛匆匆將屍體抬走，拓羽轉身的時候，再次看了我一眼，我立刻揚起一個燦爛的笑容。寒光滑過他的眼睛，他看了醜奴一眼才和上官一起離去。

待拓羽走後，我盯著身旁的叟天，叟天莫名其妙地看著我：「妳幹嘛？」

「說！這兩天去哪兒了？」

煛天呵呵地笑了：「怎麼？才一天不見，想我啦？」

「呿！才怪。快說，那天是誰弄暈了水嫣然？」

煛天揚了揚嘴角：「想知道到底是誰弄暈了水嫣然，又是誰派出了今晚的刺客，就跟我來。」

說著，他躍上了房檐。我暗罵：會飛了不起啊。

於是我也躍了上去，緊跟在他的身後。這一刻我忽然覺得我們好似黑夜裡的雌雄雙傑，共同懲奸鋤惡，維護世界的正義。

夜越來越深，路越來越幽靜，四處都是詭異的夜鷹叫聲，就像嬰兒在夜間不時發出的啼哭聲。周圍漸漸密林圍繞，蕭瑟的風從枝椏間穿過，發出令人膽顫的沙沙聲。

黑漆漆的樹蔭下，站著一個白衣的女人，她如同徘徊人間的怨靈，在樹下來回踱步。她似乎感覺到了我們的存在，揚起了臉，那臉上是一面白色的紗巾。

「怎麼現在才回來！」帶著怒意的冷冷話語從那白色的紗巾下傳出：「怎麼只回來兩個！還不快給我下來！」

我和煛天相視一眼，躍了下去。當我們降落在那女人面前的時候，女人大驚失色，立刻轉身想跑，煛天立刻躍到她的面前攔住了她的去路，她頓住了身體，緩緩轉過身看著我，我笑道：「榮華夫人，跑什麼？妳是見到我怕了嗎？」

「妳！」慕容雪揚起了右手指著我：「妳果然沒死！」

「哼！妳死了我都不會死！怎麼樣，今天要跟妳好好算帳了吧！」

「哼！」慕容雪冷哼一聲：「妳想怎樣？」

我笑了笑，冷冷地看著慕容雪：「這帳要一筆一筆算，在我之前，還有一個人要跟妳算舊帳。」

「誰？」慕容雪看向了身後，她以為是煛天，「哈哈哈，我還怕你們不成？」

我摸了摸赤狐令，平地立刻捲起了一陣大風，飛砂走石，狂風捲走了慕容雪的面紗，她抬起手擋住風沙，我在狂風中幽幽道：「只怕這個人是妳意想不到的！」

我感覺到了如同火山爆發一般的憤怒，我尚未做好準備，柳月華就上了我的身，伸出手就朝慕容雪衝去。在狂風中她掐住了慕容雪的脖子，我一下子懵住了！那個溫柔的柳月華，平靜如同湖水的柳月華，曾在我暴走時阻止我的柳月華，在今天居然有如此之大的殺念。

柳月華狠狠掐住了慕容雪的脖頸，慕容雪雙眼爆凸地看著柳月華，她的手中開始聚集蠱蟲。

「為什麼！」柳月華大吼著：「為什麼妳要害死我！我到底哪裡得罪了妳，妳害我，還要害我兒子，妳這個蛇蠍心腸的女人，我要殺了妳，殺了妳！」

「妳是……柳月華？」慕容雪驚愕地望著柳月華，狂風漸漸退去，柳月華緩緩放開了慕容雪的脖頸，掩面哭泣，說到底她還是軟弱的……

「為什麼……」柳月華痛哭著：「妳害死我也就罷了，為何還要害我的孩兒……」柳月華不停地重複：「我的無恨……我可憐的無恨……」我看著，聽著，感受著。心很痛，如同撕裂一般地痛。

慕容雪緩了緩勁，臉上露出了冷笑：「為什麼！哈哈哈，只怪妳是拓翼愛的女人，只怪水酇心胸狹窄！如果不是他不信任妳，我又怎會有機可乘！妳怎麼不去問水鄴為什麼！」慕容雪大吼一聲，柳月華驀地瞪大了雙眼，輕喃著：「鄴……」

忽然，慕容雪雙手揚起，頓時黑壓壓地兩條黑線就朝柳月華甩來，我鬱悶了，不管怎麼說，那也是我的身體，我慌忙動用赤狐令的力量將柳月華的靈魂抽離，但已經晚了，大批蠱蟲朝我湧來。

「非雪！」哭天急了，提劍朝我奔來，我立刻揚起手，哭天頓了一下，雙眉緊擰地看著我，就在這時，慕容雪調轉方向攻向哭天，哭天揮劍擋住了慕容雪的攻擊。

地上黑壓壓的蠱蟲蠕動著朝我襲來，我並不怕牠們，但實在噁心，現在已不是蠱蟲為了攻擊我而靠近我，我隱隱感覺到牠們好像很興奮，似乎是見到了老朋友，要跟我親熱一下。

此時此刻，我想起了小妖，如果牠在就好了，至少不用我親自動手。正想著，眼前忽然滑過一個白色的身影，牠穩穩地落在蠱蟲的面前，高高舉起了尾巴，對著蠱蟲大叫一聲，一瞬間，蠱蟲全部撤回，朝慕容雪湧去。

蠱蟲的反噬讓慕容雪所料不及，待她發現時，蠱蟲已經爬上了她的身體，鑽入她的衣衫，從她的五官鑽入，她驚駭地瞪大雙眼，尖叫著：「啊——啊——」

這一幕何其恐怖！那些黑色、不停蠕動，大大小小的蠱蟲都拚命往她身體鑽去，細小的就從耳孔、鼻孔、眼睛和嘴巴進入，大隻點的就咬開慕容雪的皮膚，從破口處進入，雞皮疙瘩瞬即爬遍我的全身，導致我一時忘記去阻止蠱蟲的反噬。

我想上前，哭天卻攔住了我，搖了搖頭：「沒用的，妳阻止不了。」我驚訝地看著他，他認真地看著我。

「沒用的……」耳朵裡也飄來柳月華的聲音：「沒人可以阻止蠱蟲的反噬……」

「可是我們不能只是這樣看著，雖然我也恨慕容雪，但這樣實在太噁心了。」

「噁心？」柳月華冷笑：「她那樣對我就不噁心了嗎？呵……報應啊……報應！」靜靜的意識空間裡，柳月華不再說話，她沉寂下去，慕容雪的慘叫聲變得越發讓人驚心。我終究無法再看下去，轉身躲入旲天的懷中，捂上了自己的耳朵……

蠱蟲的反噬不會讓人死去，而是成為真正的蠱屍，慕容雪原本被蠱蟲咬開的傷口又在蠱蟲的作用下奇蹟般地復原，她緩緩站了起來，眼睛已經失去了神采。

「她已經是蠱蟲的傀儡了。」旲天深深地嘆著氣，雖然這是慕容雪罪有應得，但成為蠱屍還不如死去。慕容雪還活著，她的心臟是跳動的，血液是流動的，呼吸是正常的，靈魂是存在的，但她已經不是人類，她的身體裡寄宿著蠱蟲，她成了蠱蟲的載具，只是一個傀儡。

看著慕容雪無神的雙眼，心裡有一種說不清道不明的悵然，還夾雜著一點惋惜，無法痛快地大笑：「好！真好！」總覺得有什麼堵在心裡，堵得慌。

小妖躍到了慕容雪的肩上，慕容雪彎下了腰，對我行了一個大禮：「主人！」

「她既是蠱屍，從此就是妳的僕人了。」旲天解釋道。

我看了看慕容雪，她面無表情，小妖在她身上亂竄，彷彿有了一個新的奴隸。看見小妖我想了起來，忙道：「小妖怎麼來了？」

旲天笑了：「忘了告訴妳，這兩天我不僅跟蹤慕容雪，還順便去迎接斐崳和歐陽緡，他們來了，妳的小妖自然也會來。此外啞奴和多多也到了，啞奴的喉嚨已經治好，大家來都是為了幫妳。」

「真的！」一聽說斐崳到了，我就興奮起來，於是對小妖道：「小妖，妳把慕容雪帶到斐崳那裡吧，過幾天我就去和你們會合。」最近我扮演的是相思，也不方便將小妖和慕容雪帶在身邊，小妖很高興地帶走了慕容雪。然後我看著叟天：「接下去怎麼辦？慕容雪被小妖帶走了，就會變成失蹤，我們怎麼善後？」

「善後？多此一舉。」叟天看著慕容雪遠去的身影，「我們根本不用做任何事情，讓拓羽他們去查吧，浪費浪費他們時間也好，妳不是正想折騰他們嗎？我們就只要看戲就行。」說著，他轉身就走，樣子還是和以前一樣跩。

叟天說的有理，我就順其自然，給拓羽他們亂上添亂。可是沒想到，更亂的事情發生了。

就在第二天早上，夜鈺寒突然來了，他急急地衝進我的院子，當時我已經被帶到上官那裡進行特訓，於是他又衝到了上官這裡，他草草給上官行了個禮就拉住了我的胳膊，看著他焦急的神情，我一時覺得迷茫。

「相思姑娘，拜託妳去看看嫣然。」夜鈺寒緊緊地抓住我的胳膊，完全不顧及男女禮儀，我愣了一下，問道：「夜夫人怎麼了？」

「是啊，鈺寒你別急，慢慢說。」上官也面帶憂慮地問著，夜鈺寒的眼中是深深的痛苦：「嫣然她……她從昨天下午到現在都沒醒過。」

「什麼！」我驚呼，心裡升起一股小小的幸災樂禍。

「那就請御醫啊。」上官急道。

我忽然想，如果上官知道是水嫣然陷害她，不知會不會反叫御醫去滅了水嫣然。

「沒用的，御醫也看不出所以然，所以相思姑娘，還是請妳去看看吧。」

「我？」我傻傻地看著夜鈺寒：「我又不是大夫怎會看病？夜大人別急，還是再請其他御醫看看吧。」關我屁事，我為什麼要幫水嫣然。

「請相思姑娘不要謙虛了，若妳不會看病，昨日怎能讓嫣然穩住胎氣？」

「那是內力……」我後悔了，昨天不該多管閒事。

「內力也好，不論妳會不會看病也好，有機會總要試試，拜託了，相思姑娘！」夜鈺寒懇切的神情彷彿我再推辭就要給我下跪，我暗想去看看也好，說不定又是水嫣然耍什麼陰謀。

「跟你去就是了，不過小女子昨日是用真氣為夜夫人穩住胎氣，並非懂得醫術，所以若是小女子看不好貴夫人，也請夜大人海涵。」

夜鈺寒稍稍浮現出希望的喜色，在我說完話後又黯淡下去。

我自然不會看病，所以我叫上了叟天，這傢伙現在比我還跩，明明我是主人，可他卻表現得他才是主人，我叫他的時候，他居然還在睡覺。

夜鈺寒求我給水嫣然看病的事也驚動了拓羽，他立刻命人準備了馬車，我一開始以為是讓我們坐的，卻沒想到他和上官居然也要一起同往。

於是，水嫣然的房間裡就擠了一堆人。

夜鈺寒用充滿期盼的眼神看著我，我來到水嫣然的床前，她安靜地躺著，面色紅潤，嘴角還帶著微笑，恬靜地如同一個天使，我心裡不由得感嘆，這樣的水嫣然多好啊。想起那時她在船上猙獰的面孔，我就又汗毛直豎，真不敢相信那個巫婆會是眼前這個文靜的女子。

此刻御醫也尚未離開，我問道：「她的脈象怎麼樣？」御醫皺眉搖頭：「怪，怪，真是怪，老夫行醫多年從未見過如此奇特的病症，夜夫人一切安好，甚至她腹中的胎兒也很穩健，所有跡象都表明夜夫人是一個健康的人，頭部也未曾受傷，可為何就是不醒？」

「沒試過針灸嗎？」

「老夫試了，可依舊不見起色，老夫愧對夜大人啊。」他回過頭，忽然看見皇上和皇后也在，立刻又補了一句，「更愧對皇上的俸祿啊。」

拓羽沉聲道：「罷了，你也盡力了，下去吧。」

老御醫提著藥箱就匆匆離去。

夜鈺寒焦急地走到水嫣然的床邊，握住了她的手，心痛地皺起了眉：「嫣然，會好的，妳會好起來的。相思姑娘，拜託妳看看嫣然到底怎麼了？」夜鈺寒擔憂地看著我，這情景何其熟悉。

曾幾何時，他也曾這樣為我的身體擔憂，為我心痛地皺起了他好看的雙眉。

一種奇怪的滋味慢慢侵入了我的心，有點酸，有點苦，還有點氣悶。水嫣然明明是害死我的兇手，卻被夜鈺寒這樣疼愛著。愛？難道夜鈺寒現在心裡不再是雲非雪，而是水嫣然？

呵……水嫣然啊水嫣然，妳錯信了妳的眼睛，妳終於等到了，可惜妳卻感受不到……這對妳算是懲罰嗎？難道這就是天意？

我看向叟天：「醜奴，你看看吧。」叟天為難地看了我一眼，然後帶著勉強的表情從夜鈺寒的手中取過水嫣然的手，把著她的脈象。我仔細地觀察著叟天的表情，他先是迷惑，再是驚訝，最後歸於平靜，他緩緩放下水嫣然的手看著我：「妳還記得昨天下午有人襲擊水嫣然嗎？」

「襲擊！」我還沒說話夜鈺寒先驚呼起來，拓羽和上官也凝住了神，隨即夜鈺寒疑惑地看著我和叟天，「昨日嫣然一直與我在一起，怎會受人襲擊？」

「你自然看不見。」我不耐煩地打斷了夜鈺寒，大人說話，小孩插什麼嘴。於是我道：「記得，好像是一枚銀針。」

「嗯。」叟天的臉開始變得嚴肅：「看來要救活水嫣然只有請他出馬。」

「他？」我自然知道叟天指的是斐崳，這時夜鈺寒又再次插了進來：「誰？」

作為一個丈夫，夜鈺寒做得很好，他顯示出了他病急亂投醫，死馬當活馬醫的態度，但作為一個聽眾，他真的好煩。

我沉思著，此番拓羽忽然開口道：「是不是有何不便？相思姑娘。」當然不便，斐崳他們都見過，如果他來我的身分就暴露了，於是我道：「這位高人不喜歡在有陌生人的情況下治病，所以如果希望他醫治水嫣然，你們都要迴避。」

「可以。」夜鈺寒表示同意，拓羽和上官也點了點頭，於是叟天道：「那我現在就去把他請來，主人妳好好看著水嫣然。」

「知道……」我環抱雙手，看著此刻只有純真微笑的水嫣然。想當初我與她第一次相識在水王府的涼亭，她聽了我瞎掰的愛情故事便臉紅心跳，那時的她是多麼純淨，多麼一塵不染，但愛情的困擾改變了她，水嫣然的變化與榮華夫人會不會有關呢？

可惜慕容雪現在已經變成不會說話、不會思考的蠱屍，想到她生不如死就覺得一絲惋惜。本想親自報仇，卻讓老天爺搶了先，這算不算又是天意呢？而她的死也讓許多疑問成為永遠的祕密。例如她為何會使用蠱蟲？她為何會心性大變，實施如此狠毒的復仇計畫，甚至連她親生的女兒都要利用！那枚針，是慕容雪發的，難道她為了不讓嫣然說出實情而對女兒下手？這又何嘗不是水嫣然的悲哀呢？

我再次望向水嫣然，心中有種奇怪的感覺，總覺得水嫣然也會像慕容雪一般，最後落得一個生不如死的下場，我再次被老天搶了先……

十三、水嫣然驟變

此刻斐崳他們尚未到達，水嫣然的房門大開，突然有鬼奴跳了進來，在拓羽的耳邊耳語幾句又迅速消失，拓羽在聽完後臉色微變，但很快恢復平靜。

「鈺寒……」拓羽面帶遲疑，夜鈺寒揚起擔憂的臉，拓羽神色凝重道：「鬼奴剛才來報，榮華夫人她……失蹤了……」

夜鈺寒沉默，原本沉重的臉變得更沉重。

「相思姑娘。」拓羽忽然喚我：「昨晚在刺客事件後妳與妳的醜奴出了皇宮，你們去哪兒？」

原來他們知道啊，看來是認為管不住我故睜一眼閉一眼吧。

我回道：「去調查刺客了。」

「那有什麼結果？」拓羽的眼中射出了鋒芒，我迎視拓羽的眼睛：「沒有。怎麼，你們懷疑榮華夫人的失蹤與我有關？」

拓羽抿緊了唇，一旁的上官淡笑道：「自從相思姑娘出現後，沐陽就出現了許多離奇事件，夜半刺客，嫣然昏迷，榮華夫人失蹤，這些應該與相思姑娘無關吧。」

上官話音剛落，夜鈺寒立刻看向我，眼中充滿對我的戒備，我輕哼一聲：「我想妳應該去問雲非雪。」

「雲非雪！」眾人驚呼出聲。

我不緊不慢道：「刺客的出現是不想讓雲非雪存在，水嫣然的昏迷是他人所為，那人為何要讓水嫣然昏迷？記得昨日水嫣然緊緊捉住我的手臂，說要我原諒她，這又是為什麼？只有可能她當時把我當成了雲非雪，祈求雲非雪的原諒。那麼，她之前到底做了什麼對不起雲非雪的事情？」我看向眾人，眾人開始陷入迷惑，我繼續道：「昨日就在水嫣然說『一切都是……』的時候突然昏迷，當時我看到有人對著她放了銀針，那麼，水嫣然原本要說的是什麼？會不會是……」我頓了頓，在眾人都陷入沉思的時候，才慢慢道：「『一切都是我做的』……」話音剛落，拓羽和上官立刻抬起眼瞼，眼中帶出了一絲驚訝，我不慌不忙道：「那她所指的一切又是什麼？是什麼要她祈求雲非雪的原諒，難道……」我再次停下，上官立刻追問：「難道什麼？」

我笑了笑：「難道是她殺死了雲非雪，而不是皇后？」我看向上官，上官驚得目瞪口呆，目光中沒有懷疑，反而透出一絲欣喜。

「胡說！」夜鈺寒忽然站起身，用力地扣住了我的雙臂，他的手指深深嵌入我的身體，顯示著他此刻的憤怒：「妳胡說，妳信口雌黃！妳怎麼可以胡亂猜疑一個病人，嫣然她……她已經變成這樣，妳怎麼可以……我知道了，我明白了！」夜鈺寒情緒激動地看著拓羽：「是你！是你為了讓皇后脫罪而故意讓相思姑娘這麼說的是不是！」

我暈，一不小心就離間了拓羽和夜鈺寒的感情。

拓羽當即沉聲道：「相思姑娘妳無憑無據不要亂說。」

我無所謂地聳聳肩：「你們說出你們的懷疑，為何我就不能說出我的懷疑，更何況你們現在都已經懷疑到我頭上，難道要我忍氣吞聲？」我好笑地看著他們，拓羽和上官的眼中帶著怒意：「既然如此，那就請相思姑娘解釋一下妳昨晚到底去了哪兒？」

還不甘休？我冷笑道：「我去哪兒你們不知道嗎？」拓羽神色一凜，我繼續道：「看來你們的鬼奴不怎麼樣啊，既沒有抓住襲擊水嫣然的人，又沒能跟上我們，哎，這個皇宮與百姓家的後院有何不同？」

「妳！」拓羽握緊了拳頭，若不是被上官攔著，八成他會衝上來扁我。

我繼續道：「先前說水嫣然的昏迷要問雲非雪，那這慕容雪，呃……也就是榮華夫人的失蹤就要問那個人。」

拓羽的怒氣壓了下去不再說話，上官問道：「誰？」

我看了看他們，一字一頓說道：「柳，月，華！」拓羽的雙眼當即圓睜，我看著拓羽驚訝的表情，笑道：「相信這個人皇上並不陌生吧，至於柳月華、慕容雪和您娘親也就是太后的恩怨，您大可回去問太后。總之這件事與此二人有關。」

「這麼說這一切的一切都是這兩個鬼魂所做？」上官冷笑著看著我，眼中滿是質疑，我眨了眨眼睛：「差不多，至少我是這麼想的，先前我就提醒過娘娘，做壞事不一定要自己動手，就算想自己動手也要戴上別人的面具，您難道還不明白相思的話嗎？」上官頓時收住凜冽的視線，陷入迷茫，她似乎想起了什麼，緊緊擰起了眉，下意識地看向了水嫣然。

我再次補充道：「據相思所知，榮華夫人，也就是慕容雪並不像表面那麼簡單，她可是會武功的哦……而且……」我邪邪地笑了起來，再次吸引了上官的視線，「她還會控制蠱蟲和易容。」

上官的身體顫了顫，右手緩緩抬起，視線落在了掌心上，我曾經為她從那裡取出了蠱蟲。

「夠了！」夜鈺寒忽然大吼一聲，他緊緊握著水嫣然的手：「請讓嫣然能夠安靜休息……」他無力的幾乎是在祈求我和拓羽他們休戰。

我回過頭看著夜鈺寒，一股火就冒了上來。想當初我被太后軟禁的時候，你又做過什麼？我被水嫣然害死的時候，你又做過什麼？而現在你卻維護水嫣然？

「呵……」我對著水嫣然冷笑，笑得如同午夜的冤鬼：「水嫣然啊水嫣然，妳想盡辦法要讓身邊的這個人愛妳，甚至不擇手段！而現在妳終於得到了，卻無法擁有。之前的妳讓人覺得可悲，現在的妳還是讓人覺得可悲……」

「相思姑娘！」夜鈺寒此番真的生氣了，他憤怒地看著我：「請妳別再中傷一個病人！」

「中傷？你居然說我中傷？」我仰天大笑：「夜鈺寒啊夜鈺寒，如果真是水嫣然害死了雲非雪你又會如何？」夜鈺寒雙眼睜了睜，當即否決道：「不會的！這種事情根本不會發生！」

看著夜鈺寒肯定的樣子就讓我想起當初他是如何袒護拓羽和老太后！

我怒言：「你又是那麼肯定！想當初雲非雪告訴你老太后給她吃了毒藥的時候你也是那麼肯定，而今我跟你說是水嫣然害死雲非雪你又是那麼肯定。好！那我就告訴你，水嫣然之所以會變成現在這個樣子全都是為了你！你這個衣冠禽獸！」

夜鈺寒聞言愣住了，握住水嫣然的手緩緩鬆開，我深吸一口氣，嘆道：「只怪你當初娶她的時候心裡卻是雲非雪，讓水嫣然對雲非雪的恨日益加深，她對你有多少愛，就對雲非雪有多少恨！正是這種恨催生了水嫣然的殺念，而就在她想說出實情的時候，她被人弄暈了，至今未醒。一步錯，步步錯，若是你當初能好好對待水嫣然，她就不會變成今天這個樣子！」我正罵得起勁時，叟天的味道從外面飄了進來，當然還有斐崳的味道，我立刻轉身將剛剛進門的他們再次推了出去：「不治了，人家懷疑是我幹的，我們還治什麼治，如果治死了正好給他們藉口要我的命！」

「怎麼回事？」斐崳淡淡的聲音從一張易了容的臉下傳出，一旁的叟天倒是聳聳肩，淡淡道：「既然主人說不治了，那我們就回去吧。」

「不行！」卻沒想到斐崳站定了身體，任我怎麼拉就是不走，他嘴角微揚，帶出那種讓我豎汗毛的笑，這個笑容我只見過一次，就是在救歐陽緡的時候。

果然，斐崳陰陰說道：「治不治由主人說了算，但我一定要看看這到底怎麼回事。」

完了，醫學狂人再次出現。

斐崳走進了屋子，屋子裡的幾個人尚未從我那番激烈的言辭中清醒，上官若有所思地盯著我，我氣得只想扁夜鈺寒一頓。夜鈺寒垂下的臉緩緩揚起，看著醜奴請來的高人。這時拓羽才如夢初醒般問道：「請問這位高人，我們是否要迴避。」

拓羽的話沒有得到任何回應，斐崳在進屋的那一刻就被水嫣然的「屍體」所吸引，倒是叟天好心地回了一句：「不必了，想必你們也關心水嫣然的情況。」

斐崳從懷中忽然抽出一根銀絲，輕輕一甩便纏住了水嫣然的手腕，讓一旁的夜鈺寒為之驚訝，他看向斐崳，再看向我，我撇過臉看門外。

「主人，請控制妳的情緒。」淡淡的聲音從身旁傳來，我以為他是跟叟天說話，卻沒想到叟天撞了撞我，我還傻傻地瞪了燛天一眼，只聽斐崳再次說道：「如果妳不好好控制妳的情緒，我無法找出病因。」這才明白斐崳說的是我。

對了，水嫣然的體內有安胎蠱，我情緒一波動，蠱蟲亂竄，的確會影響斐崳診脈。我努力沉住氣，斐崳細細診了一會，就抽回了銀絲，夜鈺寒立刻問道：「怎麼樣？」

斐崳沒有理睬夜鈺寒，他本就是冷性子，不喜歡的人向來不理，就算死，他也不會多看一眼。他只是看著我道：「對方用的是一針治神。人體經穴錯綜複雜，控制心神的就更無法估計，恐怕短時間內無法查出對方到底封住了水嫣然哪處經穴，而且此針是由千年寒冰所製，打入即封凍，與人體融為一體，極難找到，要救活只能由施針者告知究竟封住了哪處經穴，方可用真氣打通。」

聽了半天我有點理解斐崳的意思，就是水嫣然的某根神經被封凍住了，而且很有可能是腦神經，這怎麼辦？慕容雪已經變成蠱屍，無法問她到底封了水嫣然哪根神經？真是冤孽啊，她為了阻止水嫣然說出實情，卻最終害得水嫣然變成植物人。

「而且，這一針治神會給人造成昏迷的假像，其實水嫣然的所有感官都開啟著，她能聽見我們說話，能感覺到夜大人的碰觸，但卻無法做出任何回應，這也是最令當事人痛苦之處。」說來說去還是植物人，還是有感覺的植物人。

斐崳的話如同一盆冷水澆在了夜鈺寒的頭上，他頹然地靠在了床邊，拓羽和上官也發出了惋惜的哀嘆。拓羽道：「鈺寒……既然如此，你也別太傷心了，朕現在就回去查探各地名醫，看能不能治好嫣然。」

夜鈺寒沒有做出任何回答，只是茫然地看著某處，拓羽和上官再次看了看我們，匆匆離去。看來他們似乎有急事，也有可能他們相信了我方才那番話，畢竟那是對他們有利的說法，所以他們急著回去翻查慕容雪的底細，好幫上官脫罪。哼！果然本性難移！

待拓羽他們走後，斐崳看著我道：「不過並不是沒辦法治，但只能保其一。」

這什麼意思？看著我幹嘛？水嫣然生死與我無關啊。

我撇過臉看向門外，斐崳的話給夜鈺寒帶來希望：「只能保其一是什麼意思？」

「就是若要保大就不能保小，夜大人你選哪邊？」

「大的。」夜鈺寒毫不遲疑地回答。

我冷冷道：「孩子就不是生命了嗎？夜宰相可真是殘忍。」

夜鈺寒側過臉不理會我的冷言冷語，斐崳依舊看著我，彷彿在等我做出判決，我被盯得實在受不了，不耐煩道：「隨便你，我不管！」至少水嫣然醒來我可以好好跟她算帳，總比現在半死不活，我打她罵她她都不回應。

「我的方法就是利用她身體內的蠱蟲暴動，讓水嫣然全身氣血上湧，強制打通自己的血脈，所以孩子是勢必保不住了，夜大人，你去叫人準備熱水過會兒給夜夫人淨身吧。」

夜鈺寒聽了斐崳的話，立刻對守在一旁的丫鬟道：「還不快去。」

丫鬟匆匆跑了出去，斐崳隨即抽出隨身的銀針包，和一個蠱蟲罐，他一針紮在水嫣然的天門上，然後打開蠱蟲罐，一滴透明的液體滴落在銀針上，迅速順著銀針鑽入了水嫣然的體內。

好先進，沒想到斐崳的蠱蟲已經達到出神入化的境界，居然是透明的！我漸漸感覺到水嫣然體內蠱蟲的暴動，水嫣然平和的臉迅速緊皺、扭曲，粉嫩的臉立刻變得潮紅，紅得如同鮮血就要從那裡迸濺。不一會兒那紅潮漸漸退了下去，水嫣然的表情也緩緩恢復平靜。

我好奇地看著水嫣然，我並不是期盼她的健康，而是佩服斐崳的醫術，此刻水嫣然在我和斐崳的眼裡是一樣的，就是個實驗品。

水嫣然緩緩睜開眼睛，眼角滑出了眼淚：「孩子……沒了是嗎？」

沒想到她真的能聽見、感受到周圍啊。

夜鈺寒心疼地握住她的手，給她支撐的力量：「只要人沒事就好……」

「娘……是不是也出事了……」水嫣然的眸子變得空洞，帶出了她的絕望。

夜鈺寒輕柔地說道：「榮華夫人的事妳別著急，我會派人追查……」

「沒用的……沒用的……」水嫣然的淚水如珍珠散落一般落了下去，她輕喃著，看向了我：「沒用的……是嗎……」

我不作任何回答，只是冷冷地看著她，她忽然擦乾眼淚坐起了身體，夜鈺寒驚了一下，扶住了她，她向我伸出手：「放過我好嗎？求妳放過我好嗎？」

「放過妳？」我冷笑：「呵……夜夫人，妳求錯人了，我不是雲非雪，妳應該去叫雲非雪放過妳。」

「不是！不是我做的！」她忽然大喊起來，緊緊抓住了夜鈺寒，對著夜鈺寒哭吼著：「鈺寒，不是我殺死雲非雪，是娘，是我娘！」夜鈺寒不可思議地看著水嫣然，因為她的話而震驚。

而我也被水嫣然的話怔住了，怎麼？她想死無對證？

可惡！可氣！可惱！原本看在她已經流產的份上打算放過她，卻沒想到她一醒來就利用慕容雪的失蹤推了個乾淨，一旁的叟天緊緊握住了我的手，彷彿在勸告我控制情緒。

心底憤怒難擋，身體裡的血液開始沸騰，水嫣然蒼白的臉上立刻變得潮紅，斐崳當即看向我，我怒目而視。

「住手！」忽然柳月華再次侵入我的意識：「非雪，妳的雙手不能沾上血腥！水嫣然的孩子已經沒了，妳的仇也算報了！她這麼說只是為了想留在夜鈺寒的身邊，得饒人處且饒人！」

我握緊了雙拳，斐崳看著我立刻道：「醜奴，快帶主人出去。」

什麼？我看向斐崳，斐崳眼中是深深的憂慮，叟天拉住了我的胳膊，我怒火中燒：「哼！我自己會走！」便宜妳了！水嫣然！看在他們一起為妳求情的份上！

我甩袖離去，極度的憤怒讓我的步伐又快又急，而此刻那個不知死活的丫頭撞了進來。

「鐺啷」一聲，她手中的銅盆掉落在地上，而我也往後倒退幾步撞上了一邊的書桌，書桌晃了晃，上頭一個錦盒摔落到了地上，「砰咚」一聲，引起了房間裡所有人的注意，一絲恐慌滑過水嫣然蒼白的臉龐。

那丫鬟慌忙賠罪：「奴婢該死，奴婢該死！」是該死，可惡！

我低眼看著那個錦盒，錦盒已經摔開，裡面的東西散落一地，居然是寫滿字的宣紙，小丫鬟慌忙拾撿那散落一地的紙，但她的動作漸漸變得越來越慢……

「啊！」她驚叫一聲扔掉了那些紙，渾身顫抖地蹲在一旁。

此時忽然從門外揚起了一陣詭異狂風，狂風將那些散落在地上的紙吹起，一張紙緩緩飄落在我的手中，上面密密麻麻地寫著：**殺死雲非雪！殺死雲非雪！**

一遍又一遍地重複著這五個字，錯亂的順序，無序的排列，整張紙拿在手上，讓人毛骨悚然，我氣得渾身顫抖！

房間變得沉寂，風慢慢消散，那些紙撒滿了整個屋子，落在了斐崳的手上，閔天的手上，也落在了夜鈺寒的手上……

「不——」水嫣然淒厲的驚叫聲在寂靜房間乍起。

「不！」她搶過了夜鈺寒手上的紙，慌亂地塞入嘴中，她拚命地搶著，蒼白的臉變得扭曲、恐怖，她只是不停地撿著那些紙，然後塞入自己的口中，吞下，吞下……

十四、夜鈺寒的悔恨

夜鈺寒完全沒有半絲表情地看著水嫣然那近乎瘋狂的舉動。

他就那樣坐著，那樣看著，視線漸漸變得茫然，空洞……

「嘔！」那些紙讓水嫣然作嘔，她又用力地嚼碎了它們，吞著……吞著……她翻起了白眼，臉變得發紫，即使水嫣然被那些紙咽住了喉嚨，夜鈺寒依舊一動不動地看著。

斐崳立刻點住水嫣然身後的穴道，卡在她喉嚨的紙全數噴了出來，上面帶著鮮紅的血絲。

「鈺寒！」水嫣然狂亂地抓住了夜鈺寒的手，夜鈺寒緩緩抽走自己的手，站了起來，水嫣然緊緊抓著他的袍袖，但那袍袖也隨著夜鈺寒離開的步伐而滑出了水嫣然的手心，淚水覆蓋了水嫣然的面孔，她依舊緊緊抓著：「鈺寒！求求你，別離開我，我已經沒有孩子，也沒有了娘親，我不能再沒有你！求求你！」

「啪啦」一聲，夜鈺寒的袍袖被水嫣然的手硬生生撕下，水嫣然滾下了床，抱住了夜鈺寒的腿，「鈺寒，我錯了，我知道自己錯了，求你，求求你……」水嫣然在地上哀嚎著，散亂的長髮拖在地上，一身白衣下是隱隱的血痕，夜鈺寒挪動著腳步，水嫣然就隨著拖動，地上留下一條長長的血跡，此情此景讓人怵目驚心。

「放開！」夜鈺寒冰冷地沒有任何表情地說著，水嫣然拚命搖著頭，她忽然看到了我，她立刻放開夜鈺寒朝我爬來，我嚇傻了，她用雙手艱難地朝我爬來，房間裡又多出了另一條血痕。我怔愣地一時忘記去扶她，就這麼看著她爬到我的腳下，抱住了我的腿：「非雪！求妳原諒我，只要妳原諒我，鈺寒就會原諒我，非雪，求求妳……」

汗毛一陣又一陣，我渾身發麻，一時不知該如何反應，只有愣在那裡。

「非雪……我知道我很過分，在妳死後，我沒有一天能安心睡覺，每次都會夢到妳來索命，我好怕，我真的好怕……非雪，我真的知道錯了，如果我再沒有鈺寒，我真的無法活下去！非雪！」水嫣然緊緊抱住我的腿，「不如現在妳就殺了我，求妳，殺了我！」

殺了她……她解脫了，可我卻陷入痛苦。不殺她……如果鈺寒不原諒她，想必她也沒有生存下去的希望。

我緩緩蹲下身體，看著水嫣然身後那條讓人心驚的長長血痕，頭一陣暈眩，水嫣然抓住了我的手，在那一刻，我忽然覺得時空瞬間消失，靜得只聽見自己的呼吸聲。

但這一時的幻覺很短暫，當我清醒的時候，水嫣然已經倒落在地上，她的手依舊緊緊地抓著我的手，她似乎再次昏死過去，可方才的感覺卻很真實，總覺得有點怪異，卻又說不出所以然。

夜鈺寒已不在房間內，那一刻的迷失，夜鈺寒又去了哪兒？

「主人妳沒事吧。」哭天匆匆走到我的身邊，將水嫣然的手從我的手上抽離，她那驚人的力度讓我心底發寒。

哭天對著一邊的小丫鬟道：「還不把夜夫人扶回床。」小丫鬟哆嗦著扶起了昏迷的水嫣然，雙眼儘量不去看地上那長長的兩道血痕。

「沒……沒事。」我緩了緩勁，才從水嫣然給我帶來的驚駭中回神，當初狼群分屍人口販子的時候我都能冷眼旁觀，而今天，不知為何，在看到水嫣然被夜鈺寒離棄，拖著流產的身體抱住我的腿祈求我原諒的時候，我居然覺得她很可憐。

她有錯嗎？她真的有錯嗎？

哼，說到底她就是第二個青煙，為了愛情鑽牛角尖，發神經的女人。

愛情，救了多少人，又害了多少人！

「斐崳，她怎麼樣？」我看著床上此刻面帶微笑的水嫣然，覺得毛骨悚然。不知為什麼，總覺得她的笑容很詭異，似乎帶著一絲勝利的喜悅。

斐崳淡淡道：「身體狀況穩定，我還要再觀察一個晚上。」

「既然如此，你留下，我先行一步。」我可是很忙的，而且這個女人我再也不想看見，免得忍不住想殺了她。

叕天卻道：「妳應該去看看夜鈺寒。」

「夜鈺寒？我沒聽錯吧？」

「嗯，我是男人所以了解男人，他現在需要妳。」

「啊！你不吃醋！」我張大著嘴巴，叕天淡淡笑道：「我讓妳去是去開導他，否則他可能會做出傻事，到時妳就會後悔莫及，難道妳想揹著愧疚過一輩子？」

想了想也是，今日之事對夜鈺寒來說是一個很大的打擊，他那個死腦筋，真不知道會做出什麼事來，說不定會覺得對不起我而自殺……我得趕緊去看看。

身上涼颼颼的，彷彿陰風陣陣，心裡很納悶，以前柳月華在身上的時候也沒這種怪異感覺，怎麼現在總覺得身後總有一個冤魂跟著似的。於是，我做了一件非常白痴的事情，就是回頭看看背後有沒有鬼。

當然是沒有鬼，所以我拿出了赤狐令，暗暗說道：柳月華，妳搞什麼鬼？

奇怪的是赤狐令沒有變得溫熱反是越加冰冷，這不像柳月華的作風。她很溫柔，又因為生了水無根，有了母性，所以對我的回應都很溫暖，也會時刻關心我的情緒，一旦發現我有暴走的傾向就會即使阻止，不想讓我的雙手沾上任何血腥。

提鼻子聞了聞，夜鈺寒就在不遠處，順著他的味道，來到了他書房前的院子，他此刻就那樣站著望著漸漸上升的明月，不知不覺已經到了晚上，天色漸漸暗了下來，東方的啟明星在夜空中閃耀著光輝。

「我和雲非雪第一次相遇是在水府的涼亭……」夜鈺寒幽幽的聲音在夜空中迴盪，我輕輕地嘆了口氣，緩緩走到他的身邊，仰臉望他的時候，他的眼角卻掛著淚痕，那未乾的淚痕成了夜空下最讓人心疼的墜落星辰。

「那時她女扮男裝，行為舉止風度翩翩，如同一位君子，嫣然還覺得她很瀟灑，呵……嫣然就像我的親妹妹，我沒想到在她的心裡，我並不是她的哥哥……」夜鈺寒陷入往事的追憶，那些往事讓他臉上浮現出淒涼的笑容。

「當時我明明有機會可以跟非雪在一起，但我錯過了，她是一個風一樣的女人，是我把她當作了普通女子，當作了和嫣然一樣遵從《女經》的普通女子。我以為她喜歡我就會留在我的身邊，可是我卻因為懦弱而最終失去了她……夜鈺寒活得好累、好懦弱，讓人看不起，讓人鄙視，我真不想再做夜鈺寒了，非雪……」他緩緩低下頭看著我：「我傷害了妳，更傷害了嫣然。我愛妳，卻失去了妳，我恨嫣然，但她是我的妹妹，我該怎麼辦？非雪……」他握住了我的雙手，聲音哽咽著。

我沉默不語，有些事既然發生了就無法改變，世上沒有後悔藥。

「如果能一切重來，那該多好……」夜鈺寒緩緩放開了我便轉身離去，那孤寂的身影在夜幕下變得支離破碎。

「鈺寒……」我輕聲喚他。

夜鈺寒停住了腳步，依舊用他悲傷的背影對著我，心中似有千言萬語，卻是無言。

「我……」

「非雪……」他微微側過了臉，神情埋在一片陰暗之下。

「不用擔心，我不會做傻事的，只不過……」他揚起臉看著漫天的繁星，幽幽說道：「這個夜鈺寒做得太失敗了……希望下次見面時不會再讓妳失望。」

他緩緩離去，輕輕的笑聲是一種豁然。

帶著一絲惆悵和哭天吃著晚飯，我咬著筷子想像著斐崳把水嫣然當小白鼠的恐怖情景，那情景遠比水嫣然像貞子一樣抱住我的腿時更駭人。一想到水嫣然，懷中的赤狐令就「啪噠」一聲掉落在地上，那聲音引起了哭天的注意。

「奇怪，赤狐令從來不會離開妳的身體。」他撿起了赤狐令交還給我，我也納悶地看著赤狐令：「柳月華，妳想無恨了？」赤狐令驟然變冷，有問題，一定有問題。

我緊緊地盯著赤狐令，赤狐令就像一個鬼魂收納器，如果我聚精會神可以看到裡面的靈魂，只見一個身影瑟縮地躲在角落，彷彿不想讓我看見，但我還是看見了，我還驚呼起來：「水嫣然！」

「什麼？」旲天也驚呼了一聲：「拿來我看看。」

「這到底怎麼回事？」我看著旲天，旲天皺了皺眉：「我猜應該是妳接觸水嫣然的時候，柳月華強行跟她換了魂。」

「天哪，那很傷元氣的！」心裡開始擔心柳月華，當時水嫣然已經昏迷，不知是不是柳月華的魂魄受創。旲天嘆道：「柳月華奪了慕容雪女兒的身體，也算是報了仇了。可憐這水嫣然，從此就成為一縷孤魂野鬼。」

拿著赤狐令的手開始發冷，赤狐令可以體現裡面魂魄的心情，之前柳月華在裡面，赤狐令總是暖暖的，而如今卻是冷若冰霜。

「水嫣然！」我喊著，赤狐令沒有任何回應。

旲天扣住了我的手：「罷了，她沒臉見你，更沒臉見夜鈺寒，孩子也已經死去，慕容雪又成了蠱屍，她已經沒有任何親人，失去了生活的目標，沒有存在的意義，就讓她這樣吧，或許這是她最好的結局，也是她唯一躲避現實的方法。」

「就這樣……」心裡有一絲惋惜，我彷彿聽到了靈魂破碎的聲音。

心裡掛念著柳月華，於是匆匆吃完飯就和旲天再次前往夜府。但當我們抵達夜府的時候，裡面卻亂成一團，丫鬟和僕人都提著包袱匆匆離去，整個院子雞飛狗跳，人來人往。這是怎麼了？失火了？哭天隨手拖住一個僕人問道：「到底怎麼回事？」

「夜大人出走了，他讓管家遣散我們。」

「出走？」

「是啊，不知為什麼，夜大人就這麼走了。哎，他可是個好人哪，主要是夜夫人的事讓他受太大刺激了，否則好好一個人怎麼會突然說走就走……」僕人搖頭嘆氣地走了出去，正巧一隊官兵提著火把走了進來，拓羽匆匆趕來，與我們撞了個正著。

「鈺寒呢！」拓羽劈臉就問。我道：「不知道，我們也剛來。」

「鈺寒出走該不會也與妳有關吧！」

「哼！隨你怎麼想，你怎麼不認為他當這個宰相有職業倦怠，想罷工了呢？」

「妳！」拓羽用手指對著我。

「哼！」他瞪著我半天，最終只是朝我哼了一聲，然後甩袖急急衝進了內院，看方向似乎是去夜鈺寒的書房。

夜鈺寒出走了……他放下一大堆爛攤子，就這麼走了？若是以前的夜鈺寒，這樣做是不是太不負責了？

鈺寒啊鈺寒，你是不是知道我還活著，才就此離開？因為你知道我不會讓百姓陷入水深火熱，一定會幫蒼泯擺脫困境。

鈺寒啊鈺寒，你也太信任我了吧，我也是有私心的啊……

拓羽的侍衛搜遍整個夜府也沒找到夜鈺寒的半封書信，他甚至沒有帶走任何一樣東西，一文銅錢，就連衣服也都沒帶……

拓羽的眼中幾乎噴出了火焰，他緊緊地捏著拳頭，若此刻夜鈺寒出現在他的面前，他一定會狠狠地揪住他的衣領，大聲質問：為什麼！

然而，夜鈺寒不會再出現了，他就這樣消失在沐陽城裡，沒人知道他去了哪裡，就連拓羽的鬼奴也追查不到他的蹤跡。

水嫣然在斐崳的攙扶下緩緩走了出來，她的臉上帶著淡淡的微笑，我現在明白為何水嫣然在我腳下昏迷的時候，會露出那勝利的微笑，原來那時那具身體裡已經不是水嫣然，而是柳月華。

拓羽疾步上前，問道：「夜鈺寒呢！」

「臣妾不知。」

「妳會不知？」拓羽自然不知後面發生的事情，還追問這個水嫣然夜鈺寒的去向。

水嫣然忽然捧住臉嗚嗚地哭了起來：「嫣然真的不知，皇上，嫣然現在該怎麼辦？鈺寒走了，娘也失蹤，嫣然好想見太后姑姑……」

原來柳月華想見太后，慕容雪與太后本就是「表姊妹」，所以水嫣然就認太后做了姑姑。

拓羽重重嘆了口氣：「知道了，妳大病初癒，這裡也沒人照顧妳，宮裡有御醫和宮女，也好助妳修養。」

「多謝皇上，若是有鈺寒的消息，請務必告訴嫣然。」這柳月華，都一把年紀了，裝得還挺有模有樣。

拓羽皺著眉隨意應了兩聲，便帶著大部隊離開夜府，柳月華也在他們的護送下出了門。

等到了門口的時候，拓羽才想起我和燛天，他回頭看著我們，招過了幾個侍衛，侍衛迅速跑到我們的身後，拓羽沉聲道：「夜已深，相思姑娘也請儘早回宮。」

我笑著點頭，本來此行的目的就是看柳月華，現在她也要進宮，正好回去看好戲。

十五、天將隕落

和斐崳告別後，我和煛天就在拓羽的「押送」下回了宮，柳月華被安排去見太后，我本來想偷偷前往，卻沒想到拓羽居然來了，沒辦法，只有讓煛天去看看柳月華到底想做什麼。

拓羽來得很急，好像怕我逃跑一樣趕著前來看我是否在自己的院子裡。他繡著金線的白色龍袍隨著他的步子而擺動。他衝了進來，身邊沒帶任何侍衛，他看了看我的身邊，問道：「醜奴呢？」

「辦事去了。」我也不作辯解，拓羽在那一刻眯起了眼睛，忽然，他扣住了我的手腕：「是不是妳！是不是！」他的聲音夾雜著莫名的激動，又有著一絲痛苦，他緊緊地盯著我，那暗沉沉的眸子裡跳躍著一小撮明亮的火焰，那是我院子裡的燈火映在了他的眼眸。

我笑了笑，不解地看著拓羽：「什麼是我？」

「非雪，我知道妳在報復是嗎？妳在報仇是嗎？」

空氣中忽然飄進上官的味道，莫非她也偷偷跑來了？月隱在雲裡，我和拓羽的身影變得灰暗，我想阻止拓羽繼續說下去，可他厲聲道：「害死妳的是柔兒，不是我，妳為什麼要離間我和鈺寒的感情！」離間？我心裡開始惱火，什麼叫我離間你和夜鈺寒的感情？

「鈺寒走了！他走了！現在妳滿意了？沒人再幫我，沒有人了！」拓羽越發急了起來，我正想說：你還有上官幫你，而且她就在這裡！但我來不及出聲，拓羽就緊接著說道：「我明白了，我明白了，妳是不是在怪我，怪我非但沒有幫妳報仇，反而還封柔兒為皇后，是不是？」他急切地看著我，說實話，他封不封關我屁事，我只是淡淡說道：「皇上，您認錯人了，而且皇后……」

「非雪！」拓羽打斷了我，將我後半段的話卡在了喉嚨裡。

「我知道是柔兒害了妳，可是我不能放棄她，因為她是天將！非雪，妳明白嗎！在我心裡，只有妳！」剎那間，我怔愣在那裡，怔愣的原因不是拓羽的話，而是上官的氣味瞬間消失！

她會怎麼樣？她一定是傷心欲絕，會不會做傻事？心中越發慌亂，我立刻抬腳就走。

「非雪，妳去哪兒！」拓羽急了，拽住了我的胳膊：「別離開我，好嗎？」

我憤怒地甩開他的手，這傢伙還是自以為是，執迷不悟！

我大聲道：「你比得上誰？」

拓羽一下子愣住了，木訥呆滯地站在夜下，輕輕的風撥開了雲，月亮再次浮現出來，在拓羽的身上撒上了一層冰涼的銀霜。

「你有什麼資格？」我冷冷地蔑笑著：「當初，你與上官柔、雲非雪同一時間在水府涼亭相識，當時你的眼中只有上官，表示你好色；你利用好朋友夜鈺寒、雲非雪，表示你無義；在知道雲非雪是女人後，你又喜新厭舊冷落上官，表示你無情；你明明知道雲非雪是夜鈺寒喜愛的人，你還想占為己有，這表示你自私！」

「不是的，非雪，不是這樣，鈺寒當時已經娶了嫣然。」

「你敢說當時你讓夜鈺寒娶嫣然時，沒有想把雲非雪占為己有這個私心？」

「我……」

「像你這種無情無義，自私又好色的男人你還想讓天下女人都喜歡你？你根本誰都不愛，你只愛你自己，你為何喜歡上官？因為上官美麗而特別，為何你又喜歡雲非雪？因為她比上官更特別。你之所以對雲非雪念念不忘，對我產生幻覺，只是因為你始終沒得到雲非雪，是你的心在不服，是你的執念在作怪，你的不快樂是這些心魔造成！你根本不配有女人愛你！」

「非雪我……」拓羽向我伸出手來，我將他狠狠推開：「閃開，再不走就連你的柔兒也會離開你！」說完我就跑向上官的寢宮，拓羽依然怔怔的站在那裡，孤寂地宛如一座被人遺忘的雕像。

一路急奔，撞到了上官寢宮門口的宮女：「娘娘呢？」

「在裡面。」宮女狐疑地看著我，我推開她就闖了進去。

院子裡的燈光在風中搖曳，偌大一個院子卻不見任何一個宮女。

宮女呢？該死，一個堂堂的皇后怎麼連一個宮女都沒有！

房間的門大開著，屋子裡的燈光沒有阻攔地撒在了屋外的地上，映出一片昏黃，就像相片放了幾十年那般舊舊的黃色。

「乖……乖……」

屋裡傳來上官輕柔哄嬰兒睡覺的聲音，我緩緩走了進去，走進那片昏黃的光中。

「妳看，他們是不是很像天使？」上官抱著一個嬰兒緩緩轉過身，笑著。她就像舊相片中的母親，渾身籠罩著一種懷舊的顏色，可那種顏色，和她臉上此刻的微笑，讓我覺得渾身不對勁。

「上官……」我朝她走去，她立刻將手放在唇邊：「噓……他們剛睡著。」說著，她輕輕地將嬰兒放在床上，只見床上已經有一個熟睡的嬰兒，此番便是兩個，兩個小傢伙小臉蛋紅通通，漂亮的小臉完全繼承了上官和拓羽的優點。

「妳來這麼久，都沒見過他們吧。」上官輕輕將毛毯為兩個孩子蓋上，「妳這個阿姨做得可真不稱職，都不給我的寧兒和雲兒帶禮物來。」她嬌笑著看著我，眼中大有責怪的意思，我臉紅了紅：「下次一定……」

雲兒和寧兒……上官，妳是為了紀念我和思宇而取的名字嗎？

上官輕幽幽地笑了起來：「跟妳開玩笑呢，如果真想送，不如幫我照顧他們，將他們帶出這裡……」上官揚起了臉，窗外明月正圓，星空正晴，她看了很久很久，才笑道：「讓他們過無憂無慮的日子。」上官突然側過臉認真地看著我，我愣了一下：「啊？」

「累了……真的好累……我不想再累下去了……」上官輕喃起來，木然地看著某個方向，那一刻，我有種錯覺，彷彿上官帶著讓人心痛的微笑，就那樣漸漸消失在我的眼前，彷彿這個世界她根本不曾來過，而這個世界，也從未有過上官柔這個人。

心一下子提起，我開口道：「上官，其實剛才……」

「照顧孩子真的好累啊……」上官輕輕地說道，將我的話逼回了肚子。

我改口道：「叫宮女啊，對了，那些宮女呢？」

「是啊，她們呢？」上官彷彿醒轉過來，笑道：「準又是偷懶去了，我去找她們。」

「什麼？哪有皇后找宮女的，我去叫。」說著，我就往外走。

上官站起身叫住了我：「還是我去吧，順便也可以有個機會好好懲治她們，妳幫我看著孩子，他們……就交給妳了……」她的話讓我疑惑，心裡忽然被掏空了一般，不知說什麼，只知道聽她的話，留下來照顧她的孩子。

可是為何我的心跳會如此慌亂？

靜靜的房間裡，是兩個嬰兒平穩深沉的呼吸聲，他們就那樣睡著，讓人感受到一種特殊的寧靜。這寧靜猶如天空的浮雲，湖上無人的小舟，宛如時間都緩緩靜止。

「哇——」忽然，兩個孩子同時哭了起來，嚇得我手忙腳亂，我毫無經驗，拍拍這個，又抱抱那個，兩個孩子撕心裂肺一般的痛哭讓我心悸不已。

門外匆匆跑進了兩個老嬤嬤，我當即怒道：「妳們都到哪兒去了！」

「啟稟主子，是皇后娘娘叫我們去拿熱水去了！奴婢也說要留些人在宮裡，可娘娘說想跟兩個小皇子單獨相處，就把我們全趕走了。」說著她們趕緊上前抱住了兩個嬰兒，後面跟進了一群宮女，提水的提水，捧盆的捧盆，這一刻，就在所有人出現的這一刻，「嗡」地一聲，我腦子裡炸開了花。

「鐺鐺鐺鐺！」忽然，寂靜的夜空裡響起了銅鑼的響聲，那一聲又一聲的銅鑼成了催命符，讓我心驚肉跳。濃濃的煙味塞入我的鼻息，我緩緩揚起臉，只見沉重的夜空下，遠處正火光沖天，一聲大喊霎時劃破了皇城的寧靜：「御書房著火啦——」

御書房！難道是上官！

御書房火光直逼長空，但御書房的門卻緊閉著，任誰都打不開，裡面應該被拴住了，隱隱的吵鬧聲從那閃爍的火光裡傳來，心頭一驚，莫非上官和拓羽在裡面？上官要跟拓羽同歸於盡？

此刻眾人都在推門，我也趕緊上前，狠狠一掌，門被我們硬生生破開。

裡面火光迸射，但火勢還不是很猛。門破開後，眾人開始救火，我在門外徘徊了一會，最終還是衝了進去，我不放心上官！當我衝進去的時候，身後火光滑過，一根房樑帶著滿滿的火焰堵住了門口，煙一下子彌漫開來。

熱浪一陣又一陣侵襲著我的身體，此時赤狐令意外散發出強烈的寒氣，不讓火焰傷我半分半毫，嫣然……在幫我。

火舌肆虐，朦朧中，我看見上官和拓羽在煙霧之中扭打，只見上官高高舉起一個花瓶，狠狠砸在了拓羽的頭上，拓羽應聲倒地。

「上官！」我大呼出聲，上官在妖豔的火焰裡緩緩轉過身，平靜地看著我，靜得就像她本就屬於這漫天的火焰，隨火焰而來，又隨火焰而去。

我跑到拓羽的身邊，探了探鼻息，還有氣，我趕緊扶起了他：「上官，不值得！」上官只是淡淡地看著我的所有動作，臉上掛著雲淡風輕一般的微笑：「我和他……清了，妳帶他走吧。」

「神經！妳打他一下就算清了？別發傻了，跟我一起走！」我拉向了上官，她卻往後退了一步，我只有將拓羽再次扔回地上，上前拉住她：「都什麼時候了！還做傻事！快跟我走！」

「非雪……妳別管我了，我不值得妳這麼做。」

「妳有毛病啊！」我憤怒地大罵著：「我們既然一起來到這個世界，就不能放棄任何一個，我不會看著妳死的，快跟我走，否則我打暈妳！」

「呵……如果打暈我，妳一個人救得了我和他嗎？」上官看向地面，此刻火焰又高了一丈，一搓火焰燒著了拓羽的髮梢，所幸燒了一會兒就熄滅。

我急了，伸手拉住上官就用力拖著她，她臉上掛著笑隨著我走，可眼中卻含著淚。

忽然她揚起我拉住她的手，一口狠狠咬住了我的手背，我看著她，忍著痛。我絕不會放手！上官，妳從未真正害過我，至少從未像嫣然那樣要置我於死地！即使那樣，我也會原諒妳，因為我們是親人！

一滴滴溫熱的液體落在了我的手背上，順著我的指縫落到了熨燙的地上，化作了霧氣，消失在空氣中。

上官鬆開了口，她臉上的一顆顆淚水在火光中閃現著珍珠般的異彩：「非雪，妳總是這麼傻……」她的聲音在顫抖：「我自己走，妳救他。」上官擦了擦眼淚，神情堅定地看著我。

我不放心地看著她，她扶起了倒在一邊的拓羽：「我們走吧。」

見她扶起了拓羽，我安下了心，赤狐令的寒氣漸漸擴散將拓羽和上官也包裹在其中。

劈裡啪啦，那是木頭在火焰中哭嚎，只一會兒功夫，大殿就支離破碎，有寒氣的保護，火焰傷不到我們，但要小心時不時從上方落下的殘木。

上官吃力地扶著拓羽，漸漸跟不上我的速度，我趕緊扶過拓羽，畢竟我已經有了內力，力氣比上官大許多：「妳要跟緊我，寒氣的範圍比較小。」

「嗯！」上官笑著點頭，我扶著拓羽一邊顧著上面的木頭，一邊前行，那原本的出口已經被圓木擋住，所幸的是邊上的窗框已被燒光，開了個口。

「上官，我們就要出去了。」我笑著回頭，卻看見上官在遠遠的火焰中朝我揮手微笑。

那一刻，我的眸子裡被上官那火紅的身影全部填滿，她微笑著，在金色的火焰中往回奔跑，她紅色的裙襬跟那些火星一起跳躍……跳躍……

這個白痴女人！

我將拓羽扔出了窗戶便馬上回頭抓她！抓到她我一定要扁她一頓，讓她腦袋清醒點！

而就在我即將追到她的時候，忽然「轟隆」一聲炸雷，從我面前的屋頂上直直劈了下來，那白色的銀龍清清楚楚地在我眼前直奔上官而去，剎那間，上官消失在火海中，和那閃電一起消失在我的眼前。

我緩緩向前走著，走向銀龍降臨的地方，那裡一片焦土，就連火蛇都不敢靠近，大大的窟窿，就像一個深深的漩渦，將人吸入……

「滴答！」一滴冰涼的液體從黑暗中滴落到我的臉上。

天，下雨了……

嬈嬈火焰，濛濛細雨，一道驚雷，驚詫眾生，此處因果終結……

細雨濛濛，火焰嬈嬈，驚雷一道，眾生驚詫，他處因果再生……

十六、終結過去

上官消失了。

在御書房的殘骸裡沒有找到半具屍體，只看到一個佇立在殘骸中仰望天空的身影。

拓羽發了瘋似地在殘骸裡找尋上官的屍體，他用自己從未做過粗活的手挖著焦黑的瓦礫木炭，他的髮髻變得散亂，他的雙手開始流血，他都不管了，只是一直挖著，這裡沒有挖到，再到那裡挖，他的雙眼布滿血絲，那些血絲溶在他的眼裡，淚流滿面。

「她在哪兒！她在哪兒！」他用力地搖晃著我的身體，我看著那茫茫的天際，哀嘆：「為什麼人總是在失去時才知道珍惜……」正因為上官一直在他身邊，才會被他一點一點忽視，天將的身分越來越取代上官柔在他心裡的地位。

上官，妳這麼做是不是為了讓他能夠一直記住妳？

可是這個代價……太大了……

叕天抱住了我，大聲責備著，可我卻聽不見任何聲音，上官消失前紅裙禶動的身影，一直環繞在我的眼前，那紅色……跳躍著的……身影……

上官的消失讓整個皇宮都籠罩在一片恐懼的陰霾中，而讓宮裡的人惶惶不安除了上官的神祕消失，還加上太后的無故瘋癲，這兩件事可以說是同時發生。

就在御書房著火的第二天，太后見到任何女人都會向她下跪，嘴裡喊著：「原諒我，原諒我……」只有在水嫣然陪伴的時候，才會恢復正常。

旻天告訴我太后發瘋是柳月華造成的，這其實並不意外。我心裡盡是對上官消失的惆悵，也沒仔細聽柳月華到底跟太后說了什麼、做了什麼。

上官失蹤，太后瘋癲，讓拓羽陷入大病之中，他躺在龍床上，不吃不喝，只是呆滯地看著上方，不停地輕喃：「柔兒……柔兒……」

而我的情況也好不到哪兒去。按道理，水嫣然死了，太后瘋了，上官失蹤了，我應該要感到高興。她們都是曾經傷害過我的人，她們有的利用我，有的要殺我，有的用毒藥控制我；但為什麼現在她們都遭到報應了，我的心裡卻沒有半分高興，反而很沉悶，猶如千斤巨石壓在胸口，喘不上氣，苦澀、難過、傷痛絞在了一起。

旻天看著我悶悶不樂的樣子也是一臉憂心，我訥訥道：「我不開心你擔心什麼？」旻天嘆了口氣：「妳不開心我又怎麼開心得起來？」心裡一暖，終於有種想笑的感覺。

旻天輕撫我的臉頰：「別擔心，太后並沒有瘋，只是被柳月華控制了，等柳月華報復夠了，太后就會恢復正常。」我聽完就笑了，這柳月華也像個孩子，報復的手段帶著莫名可愛的孩子氣。然後旻天繼續說道：「至於上官柔，說不定還在這個世界。」

「真的！你怎麼知道？」

「因為她的星光只是減弱，並未消失，這就意味著那道雷可能把她劈到了其他地方，如果拓羽真的有心，相信會找到她。」

「那……你說拓羽到底喜歡誰？」我很困惑，搞不清拓羽的心，

叕天看了看遠方陰雲散開的星空，幽幽道：「兩個都喜歡吧，只是他跟妳在一起的時候比較喜歡妳，跟上官在一起的時候又比較喜歡上官。」

「原來真的能同時喜歡兩個人……」

「人是很複雜的生物，妳還不是一樣？」他狠狠捏住了我的鼻子，我不禁無賴地笑了起來。

叕天說得對，如果沒遇到他，我想我會喜歡水無恨。我的心裡始終放不下他，有時總是在希望能一妻兩夫……開始多少明白拓羽的心，人的感情確實很複雜。

正聊著，忽然從外面衝進一股殺氣，那殺氣越來越近，讓叕天瞬即進入戒備。

拓羽提著劍就衝了進來，他劍一掃就指向了我：「妳到底跟柔兒說了什麼！」

我平靜地看著他，雖然我已經知道上官尚在人間，但我還不想現在就告訴他，該讓他嘗嘗失去的痛苦。叕天站在一邊並沒有阻止拓羽，而是環抱起雙手，冷冷看著。

我淡淡地笑了起來：「怎麼，皇上現在才知道上官的重要？是因為她是天將？還是柔兒？」

「妳！」拓羽的聲音因為憤怒而變得深沉、顫抖。

「皇上提著劍來找相思，是要找雲非雪問罪嗎？可是皇上，雲非雪做錯了什麼？相思又做錯了什麼？」

「妳好殘忍！真的好殘忍！柔兒是要殺妳沒錯，可妳沒死不是嗎？為什麼一定要置她於死地！」

我笑了：「皇上，相思早就說過，雲非雪的死是水嫣然造成的，而不是上官，難道上官沒跟你

解釋過？還是你一直不相信上官的話？」

「我……」拓羽提著劍的手微微不穩，眼神變得痛苦。

我冷笑起來，笑拓羽的自以為是：「今天的一切都是皇上你自己造成，是你改變上官，讓上官變成今天的上官。上官就是因為太愛你，才會害怕雲非雪奪走你，她被這種痛苦糾纏而陷入黑暗，才會有害雲非雪的念頭，但因為她心裡對雲非雪有親人一般的感情，所以才沒有痛下殺手，只千方百計趕她遠離蒼泯。然而，她又為了幫你得到天下，回頭去祈求雲非雪的幫助。上官如此全心全意地對你，而你給了她什麼？除了最初的那份溫柔，更多的則是傷害！你見一個愛一個，最終你失去了那個最愛你的女人，直到失去了，才明白她的珍貴！真正的愛不需要轟轟烈烈，正因為她的平淡，才會容易被人遺忘。午夜夢迴的時候，是誰為你添被？在你煩惱的時候，是誰為你排憂解悶？在你陷入危機時，又是誰為你出謀劃策……」

拓羽的劍緩緩沉了下去，宛如他的手已經無法再承受那柄劍的力量：「柔兒……」

就在這時，一個黑影忽然從天而降，一道寒光突然出現眼前，「鐺」一聲就打掉拓羽的劍，手被人拉起，瞬間我的腳就飛離地面。

我看著拉著我飛天的黑影，再回頭看著愣住的拓羽，和一旁瞇起眼睛的滎天，我朝滎天微微點了點頭，他揚起了一抹了然的微笑。

天，你明白我的意思吧，去找柳月華，把她帶來。

風在耳邊呼嘯而過，他拉著我在夜下急行。

我們降落在皇城外的小樹林，他急急地問道：「妳沒事吧。」

我搖了搖頭，他看到我無恙便鬆了口氣，眼瞟到了握著我的手，如同觸電一般，他慌忙鬆開。

他埋下了臉，儘管他的臉上是面具，但我還是感覺到了他小小的尷尬，他從懷裡掏出了一瓶藥，拿到我的面前。

「什麼？」

「解藥。」他塞到我的手裡，眼中是一絲內疚，「現在不需要妳拓羽也完蛋了，妳走吧。」

我隨意把玩著解藥，然後拋向了一邊，解藥瓶就那樣被我拋進黑暗的樹林裡。

「妳……？」他不解地看著我，我笑了笑：「我帶你去見一個人。」

他一動不動地站在原地：「誰？」

「一個你很想見的人。」

他的眼中滑過一道精光，那光裡帶著希望，隨即他緊緊地跟了上來。

「你不懷疑我嗎？」我在空中問著他，他不解地看著我：「懷疑什麼？」

「呵……就連拓羽都懷疑我與慕容雪的失蹤有關，你不懷疑嗎？」

「是妳！」他忽然停下，我不得不落了下來，好在已經到了目的地：天牢。

他似乎這才發現我將他帶來了天牢，立刻戒備地看著我：「妳到底是誰，究竟有什麼目的？」

我淡定地看著他：「如果你知道之所以會有今天，都是由慕容雪一手造成，你還會把慕容雪當作你的娘親嗎？」水無恨的眼中滑過一絲驚訝，我笑了笑朝天牢走去，水無恨一時怔愣在那裡，見我走向天牢的大門，他的身上立刻升起了殺氣。

門口的侍衛攔住我：「什麼人！」

我笑了笑，抬手一揮，兩個侍衛就暈眩過去，我轉身對水無恨再次招了招手：「還不來，不是想救你爹嗎？」

面具下的水無恨顯然怔了怔，身上的殺氣驟降，遲疑地跟了上來，盯著我：「妳到底是誰？」

我依然淡定地笑著，水無恨當初和我的接觸機會較少，他認識的是那個膽小懦弱，遇事就跑的雲非雪。這一年，我的變化太大，也難怪他會認不出。

我並不答他，只是一路往裡走去，水無恨遲疑地跟在我的身後，牢牢鎖定我的背影。

天牢的夜客讓監獄裡的牢犯喧鬧起來，我們快到水酇牢房的時候，獄卒已經全都倒地昏睡。為了尋求安靜，我連那些犯人也都不放過。

再過去就是水酇的牢房，我抬手擋住了水無恨：「你在這裡聽著就好，過會兒你妹妹也會來，請不要驚訝。」

水無恨現在的表情可以用呆滯兩個字來形容，他的眼神定定的，整件事或許對他來說相當匪夷所思，他的眼神裡充滿著對眼前經歷的不解。不解我的行為，不解我的話語，更不解我的笑容，所以他就那樣沒有任何反應地站在暗處看著我。

我緩緩蹲在水酇的牢房前，滿地茅草的牢房裡，水酇盤腿而坐，閉目養神，那神情簡直比皇帝還跩。

我笑道：「喂，老頭，好久不見哪！」

水酇不屑地抬了抬眼皮，就在看見我的那一剎那，他瞪大了眼睛：「雲非雪！」

「呵！能讓老王爺記住我，真是三生有幸啊！」我笑著，躲在暗處的水無恨倒抽了一口冷氣。

「妳不是死了嗎？」水酇凝神看了看我，「不，妳不是她，妳不像，妳到底是誰！」

我挑了挑眉：「先別管我到底是誰，我來這裡是想告訴你一個好消息和一個壞消息，你想要先聽哪個呀？」

水酇抬了抬下巴：「既然已經身陷牢籠，沒有什麼比這更壞的消息了，先說好消息。」

「好，就是水無恨為了替你報仇去刺殺拓羽，拓羽被重創，但水無恨也被拓羽一劍刺死，你高不高興！」我說完看著水酇，心裡卻仔細聽著水無恨的鼻息，他此刻的鼻息很沉穩，應該是不明白我為什麼這麼說。就在這時，監獄裡爆發出水酇狂猛的笑聲：「好！很好！哈哈哈！」

水無恨的氣息開始變得斷斷續續，他的呼吸變得漫長而深沉，彷彿漸漸消失一般。

水酇大笑過後定睛看著我：「妳是誰！妳知道什麼！」

「哼！我知道你想讓拓羽跟水無恨自相殘殺，因為水無恨是拓翼的兒子，是拓羽的弟弟！」

話音剛落，水酇的雙眼就迸射出兩道年輕人才有的精光，與此同時，暗處的水無恨似乎是過於震驚而頓住了氣息。

水酇騰地站起身，撲到牢房的門邊：「妳到底是誰！怎麼知道這些！」說罷伸手要來抓我，我立刻往後蛙跳遠離他的牢門。

「所以……」我蹲在水酇碰不到我的地方陰陰地笑著，空氣漸漸布滿水嫣然的氣味，「我現在要告訴你壞消息。」

「是什麼！是什麼！」

「就是水無恨……其實是你的親生兒子！」

我字字說得鏗鏘有聲，震得水酇震愣在茅草上，無法動彈！

「蝴蝶飛……蜻蜓追……」靜靜的牢房裡傳來水嫣然清朗的歌聲，那歌聲如同蝴蝶一般幽幽地飛了過來，繞過我的指尖，徘徊在水酇的耳邊。

他的雙眼慢慢睜大，眼中充滿了回憶，那些回憶彷彿是和煦的春風，將他送回那溫暖的年代。

忽然，水酇驚愕地轉過臉看著我，他瘋狂地搖著頭，捂住了自己的耳朵：「別唱了！別唱了！賤人！別唱了！」水酇大喊著，整個監獄都是他歇斯底里的吼聲。

我冷笑著：「不是我唱的。」

「那是誰！那是誰！」水酇驚恐地站起身，狂亂地尋找歌聲的源頭。

「是我！」那清朗的聲音劃破了水酇的嘶吼，讓整個牢房瞬間寂靜下來，水酇緩緩轉過身，眼中布滿了血絲，淩亂的髮絲讓他看上去更像是一個瘋癲的老人。

他的雙眼隨著水嫣然的出現而慢慢瞪大，我悄悄退到一旁，和叒天、水無恨站在一起，此刻的水無恨已經震愣在那裡，從他茫然的眼眸可以看出，他的大腦已經徹底停擺。

我朝叒天豎起大拇指，叒天對著我笑了笑，然後將我攬在他的身邊，和水無恨保持距離。

「嫣然？」水酇疑惑地看著水嫣然：「妳……」

「不，我不是你的女兒水嫣然，怎麼，你認不出我了嗎？」水嫣然神色一凜，眼中是絲毫不掩藏的恨意，她向前邁進，隔著牢房站在水酇的面前，大聲道：「看清楚！我是誰！」

那一刻，水酇驚愕地張大了嘴，身體無力地在水嫣然面前搖搖晃晃，跌坐在地上。

「賤人？」水嫣然，不，應該說柳月華，她冷冷地俯視著地上的水鄺，淒然地笑著，那笑容讓看見的人都會覺得心酸。

「怎麼？你直到現在都還認為我是賤人？」柳月華蹲下身體，揪住了靠在門邊的水鄺的衣領。

「你怎麼不想想我這個賤人如果愛拓翼為何要嫁給你？你怎麼不想想我大可直接嫁給拓翼何需選擇偷情？要知道，當時拓翼可是皇帝，而你只不過是個小小的將軍！」水鄺低著頭，鬢角花白的頭髮遮住了他的面容，看不到他的表情，柳月華鬆開了水鄺，站了起來，冷冷地俯視著他：「到底誰才是賤人！」

水鄺緩緩揚起臉，看著柳月華，臉變得迷茫。

「呵……我愛錯了，我真愛錯了！」柳月華揚起了臉，落下那一顆顆心酸的眼淚，她不看水鄺，那男人根本不值得她再看任何一眼。

「我愛了一個善妒的男人，拓翼當時的確愛我，但他一直知道我心中始終沒有他，而你，卻聽信了慕容雪的謠言，冷落我、懷疑我、猜忌我、污蔑我。你真以為我像慕容雪所說的是因為思念拓翼鬱鬱寡歡而死的嗎？」她看向水鄺，水鄺空洞的視線開始漸漸聚焦。

「你有沒有想過，我在生下無恨後，不享受做母親的幸福卻鬱鬱寡歡？你有沒有想過，一個原本何其正常的女人會在短短一年內變得蒼老而瘋癲？你有沒有好好查過我的死因？有沒有在我死後看過我的屍體？哼……」柳月華輕哼一聲：「你沒有吧……哈哈哈，水鄺啊水鄺，當初你對我的山盟海誓到底表現在哪裡？你對我所謂的愛就是將我向死亡更用力地推一把嗎！」

「月華……」水鄺向柳月華無力地伸出了他蒼老的手。

「你不叫我賤人了嗎？」柳月華痴痴地笑了起來，眼神變得凜冽而鄙夷，「哼！水酇啊水酇，枉你老謀深算幾十年，卻被慕容雪利用，真是可悲，我打心底同情你……」

水酇呆滯地仰視著柳月華，此刻的他完全沒有昔日做王爺時的風光威武，而成了一個佝僂的可憐老人。

「你聽信慕容雪的讒言，懷疑無恨是拓翼的兒子，想讓他和拓羽兄弟相殘。哈哈哈……我看全世界也只有你會親手栽培自己的兒子成為復仇工具，你厲害，真厲害！我看若是評選最陰毒的父親，非你莫屬！」

「無恨……」水酇的視線變得越加渙散，茫然的眸子失去了方向。

「你到死都不知道是慕容雪害了你一生，其實她心裡真正愛的才是拓翼，她是在向韓皇后報仇！你這個笨蛋！本來你可以阻止這一切悲劇發生，而你卻推動了這一切，我的死，無恨的生活，以及你自己的仕途都摧毀在你一個人的手上，這就是所謂智謀過人的水酇做出來的好事，果然是相當了不起啊！」柳月華的話就像一根根沾有毒藥的毒針，狠狠紮在了水酇的身上、心上。水酇的心被柳月華無情地劈開、撕碎，一點一點地揉成了粉末，破碎殆盡。

水酇的臉漸漸失去了血色，他僵滯地看著柳月華的裙襬，嘴角抽搐起來，每抽搐一下，都會帶出他一聲詭異的笑：「呵……呵……呵……哈哈哈……胡說！都是胡說！妳到底是誰？是不是拓羽派來的？要看我的好戲是嗎！哼！我是絕對不會輸給你們拓家的，永遠不會！」

柳月華失望地看著水酇：「無可救藥……」

「娘親……」水無恨突然一聲呼喚讓柳月華立刻轉過身來，儘管水無恨的語氣中帶著遲疑，但柳月華的表情依然喜出望外。

水無恨一直戴著面具，方才柳月華來的時候因為心中滿是對水酇的恨，而沒多留意那個暗處中的面具人。

我和叟天一起看向水無恨，他緩緩摘下面具，一步一步走出了黑暗，走到柳月華的面前。

「娘親，真的是您……」

淚，瞬即從柳月華的眼眶裡，滴滴落下……

十七、新的希望

當水無恨慢慢從黑暗裡走出的時候，柳月華的淚也同時潸然而下，那何其心酸？何其感人？那一刻，我的淚也不覺落下，昊天攏了攏我的肩，我靠著他的身體，他的身體很溫暖，我忽然覺得有他在我身邊，是莫大的幸福。

開始理解柳月華的復仇和那急於見到水無恨的心情。對於柳月華來說，為她自己復仇已經不再重要，重要的是替水無恨討回他應有的幸福，這也是她復活的唯一目的，更是她即使已成一縷飄渺幽靈仍然不放棄的唯一希望。

就在柳月華和水無恨即將相認的時候，意外發生了，水酇忽然撲到了牢門上，大喊著：「恨兒！別上當！恨兒，快，乖孩子，把爹放出去！」

水無恨訥訥地看向牢門裡的水酇，原本柔和的目光瞬即變得寒冷：「你是我爹？哈哈哈……原來我不過是你手中的棋子！一顆你巴不得死的棋子！」

「無恨……我……」水酇的臉色變得慘白，他慌亂起來，大聲說著：「不是的，恨兒，別相信那些話！別信！」

「別信？」水無恨一個大步走到牢房門前，直視著水酇：「那我又該相信誰？我又該相信誰！你嗎……哈哈哈……」水無恨苦澀地笑著：「我是那麼地敬重你，聽你的話，完全按照你的指令去做任何一件事，因為你是我的爹爹，我崇拜的爹爹，而你卻只是在利用我，你到底是誰！」水無恨在那一刻抓住了水鄺探在牢門外的手，大吼著：「你告訴我，你究竟是誰！」水無恨憤然地推了一把水鄺，水鄺趔趄地跌坐在地上，髮髻頓時散亂，遮住了他那張近乎扭曲的臉。

「我……」水鄺頹喪地撇過了臉，看見了一旁的柳月華，突然他瞪大了眼睛，抓狂大吼：「妳到底是誰！妳告訴我剛才妳說的都是假的，都是騙我的！妳不是月華！月華不是我害死的，無恨也不是我兒子！我更沒有利用自己的親生兒子！我沒錯，我沒做錯……我求求妳告訴我！」水鄺爬到柳月華腳下抓住了她的裙襬，眼裡布滿血絲，視線潰散：「求求妳，告訴我實情，告訴我實情……」

「實情？」柳月華冷冷地蹲下，緩緩握住了水鄺顫抖而蒼老的手：「好，我就告訴你實情！」

忽然，沒有窗戶的天牢裡揚起飛沙走石，陰寒刺骨的風鑽入我每一個毛孔，讓我忍不住顫抖，只見水鄺雙眼大睜著，他彷彿被什麼牽制了，視線顯得呆滯而僵硬，他和柳月華的手緊緊連在了一起，我彷彿感覺到柳月華在給水鄺灌輸什麼？那些進入水鄺血管（還是腦袋？）的東西讓水鄺的臉上漸漸出現了喜色，不一會兒他的臉卻又扭曲起來，痛苦、愧疚、悲傷、絕望、恐懼……複雜的神情交織在水鄺的臉上，他的瞳孔越來越渙散，眼球越來越暴突，彷彿再灌輸下去，隨時都會「啪」一聲像氣球一樣爆破。

這一刻，我覺得柳月華很冷酷，她不知給水鄺看了什麼，但可見是能讓他精神崩潰的東西，水無恨靜靜地站在柳月華的身邊，我不知是母子連心，還是水無恨真的恨水鄺，他的眼裡沒有半絲憐憫，只是冷冷地，甚至沒有半點殺氣地看著水鄺在他的面前痛苦掙扎。

當狂風平定的時候，柳月華撤回了自己的手。當她站起身的時候，她臉上的血色瞬即消退，她的身體猶如枯枝殘葉般搖搖欲墜，水無恨慌忙扶住了她：「娘，沒事吧？」他關心柳月華，卻對那個已經變得呆滯的水酇絲毫不看一眼。

這時，我又覺得水酇很可憐，他有著顯赫的過去，如今卻面臨這可悲的結局。

「我到底是誰……」水酇輕喃著，散亂花白的頭髮讓他此刻看上去像個瘋子。

「呵……呵……」他嘴角抽搐著，每一次抽搐都帶出一聲瘋笑：「恨兒……來……這是爹爹給你買的糖葫蘆……」水酇撿起了地上的一根茅草，興高采烈地拿到了枕頭邊，然後對著空無一人的左邊說道：「月華啊，妳辛苦了，好好休息吧，我來看著無恨……」

此情此景，讓我和叟天都大吃一驚，水酇真的瘋了！看著柳月華臉上的冷笑，我忽然覺得她好陌生，她當真變了，在遇到慕容雪的那一刻她就變了，她變得冷漠，變得充滿仇恨，那個在禁林裡望著天空微笑的女人已經徹徹底底變成了復仇女神。

我忍不住上前問道：「柳……月華……」忽然不知該怎麼稱呼她才好。柳月華朝我看來，臉上露出了和藹的微笑，這才是那個我最初見到的柳月華嘛！

「妳讓水酇看了什麼？」

水無恨扶著柳月華虛弱的身體，看著我，我躲過他的視線看著柳月華，柳月華的視線漸漸放遠，臉上的微笑已經消失：「沒什麼，就是讓他經歷一遍我所經歷的，讓他親身體會我的痛苦！」說完最後一句的時候，柳月華的眼中再次射出了寒光，那光讓我戰慄不已，我想，太后應該也是這麼被逼瘋的。

「他現在知道怎麼做一個好丈夫和好父親了……」柳月華再次看了一眼牢中正忙著給「水無恨」蓋被的水酇，然後她拉住了我的手：「雲姑娘，我很累，這具身體很虛弱，今晚妳能陪我嗎？」

陪柳月華？我下意識看向了水無恨，他一直盯著我，他的視線大膽而熱忱，我感覺得到，如果陪著柳月華，就意味著我將與水無恨待在一起一個晚上。

回頭看了看睍天，睍天提醒道：「明日妳還要終審，今晚應該好好休息。」

「對啊！」我立刻跟柳月華說道：「明天我要對付終審，所以……」

「雲姑娘……」柳月華忽然搖晃了兩下，倒在水無恨的身上，水無恨急道：「娘，我們回去休息。」

「雲姑娘……」柳月華虛弱地叫著我，她的眼中彷彿是對我的祈求，她緊緊地拉住了我的手，直到她陷入昏迷，依舊一直拉著我的手。

水無恨看著我，我看向睍天，睍天緊緊地擰著眉峰，然後淡淡地說了一聲去找斐崳後，就轉身離去，在他轉身的那一刻，我的心忽然揪痛起來，那心痛彷彿不是自己的，而是他傳遞給我的，他在心痛，他希望我能斷然地扯出自己的手，跟他離開，但我沒有。

事實上，我跟著水無恨走了，我的手始終沒有從柳月華的手中抽出。

坐在柳月華的床邊，水無恨一直看著我，那眼神彷彿是在問我這究竟是怎麼一回事？他需要一個能為他解開謎底的人，而柳月華此刻已經陷入昏迷，這個解謎的人，也就只有我。

我幽幽地嘆了口氣，開始訴說柳月華的故事，這個故事很匪夷所思，水無恨在聽的時候，氣息也變得紊亂，他時而在屋裡徘徊，時而又定定地站在我的身邊，然後就那樣俯視我，用那種讓我心跳的視線俯視我。終於，我在他的視線下認輸，落荒而逃。

我站起身，慌亂地說道：「你好好照顧水嫣然，哦，不，是柳月華……也不是……唉，反正水嫣然的身體很虛弱，你娘親的靈魂在裡面，你好好照顧就是了……」顧不上自己說得亂七八糟，低頭就走。但就在我即將離開的時候，我的手卻被一隻熱掌扣住了，他緊緊地握住我的手，拉住了我將要離去的身體，我背對著他，不敢看他，心裡的慌亂讓我的手心漸漸沁出了細密的汗水。

他的手很熱，他用力地握著我，彷彿永遠不會放手。突然他用力一拉，我被他拉入了懷抱：「為什麼……」他沙啞的聲音帶著他的痛苦，我茫然地靠在他的懷裡，很奇怪，我並沒有抗拒這個懷抱，他的身體是那麼孤寂冰冷，這個我曾經量過、抱過的身體，此刻卻用力地掛在我的身上，彷彿我是他的希望，他抓住不放的稻草：「為什麼當初要離開我……」

我怔了怔：「當初？」

「為什麼當初在賜婚後，妳要離開我……」他收緊了懷抱，我聽見他那有力的心跳，那一聲又一聲的心跳，就像是他心底的吶喊，追問著我為什麼要離開他？為什麼要逃婚？

我一動不動地靠在他的胸前，他也一動不動地抱著我，彷彿是在等我的答案。

「我……」我一時不知該如何說起，水無恨在我身後深深地呼吸著：「只要是妳說的，我就信！」我恍然想起了那次與紅龍的第一次接觸，那時他也說：只要是妳說的，我就信！

我想是到了該說清楚的時候了。

我異常認真地看著水無恨，因為接下來要說的話，是我一直都想對水無恨說的話。

「無恨，你是我的朋友，夜鈺寒也是我的朋友，我應該幫誰？我那時就已經知道你的另一個身分……紅門的門主，紅龍！」

水無恨的身體僵了僵，他終於放開了我：「妳怎麼知道？」

「你的相思玉佩。」我緩緩拿起了他永遠不離身的相思玉佩，「那次紅龍扶我起來的時候，我摸到了這個玉佩，雖然你藏得很好，但我這個選布料的人手感很靈敏，所以那時我就認出了你。無恨，現在你知道了一切，解散紅門吧，做一個無憂無慮的無恨好嗎？」我輕輕地握住了他的胳膊，祈求他，我想柳月華也會這麼說的，沒有一個娘親希望自己的兒子整日活在血腥殺戮之中。

「離開……」水無恨的眼中是深深的倦意：「拓羽會放過我嗎？」

「會，事情已經水落石出，我會跟他講明。」

「那妳會回來嗎？」他突然問我，認真地看著我：「妳是我的未婚妻啊！」他大聲地，清楚地說明我和他之間難以剪斷的關係。

我靜靜地看著他，然後告訴他答案：「對不起，我不會回到你的身邊，因為我愛的是別人。」

「誰？」他緊緊地扣住了我的雙肩：「是那個隨風？」

我點了點頭，他顯得很是驚訝：「他是個孩子啊！」

「誰說我是孩子！」帶著惱怒，深沉的聲音從門外傳來，一個黑色的身影疾步走進房間，將我從水無恨的手下拉出，與此同時，小妖和斐崳走了進來，斐崳看了看我們三人，搖搖頭，淡淡道：「你們的事出去解決，我現在要診病。」

於是，叟天冷冷地瞪著一臉戒備的水無恨，水無恨也瞪著叟天，就在我準備跟他們出門的時候，斐崳卻叫住了我：「這是男人的事，妳跟去幹嘛？我這裡需要人手。」

然後我就這麼眼睜睜地看著水無恨和叟天雙雙離開了房間，消失在夜幕中。想當初，我有多少次把他們幻想成一對，今日他們翩翩離去的身影，果然讓我豔羨不已。

我很好奇他們會聊什麼，會不會像濫言情裡那樣，吵著誰比較適合我？或是拔出劍比誰厲害？他們會採用什麼方式呢？正在浮想聯篇，卻聽見了柳月華的呼喚：「雲姑娘……」驀然回神，我走到柳月華的身旁，她撐起虛弱的身體，似乎有話對我說。

「柳……月華，妳醒了？」還是不知該如何稱呼她，現在總覺得直接叫名字有點怪，畢竟她比我大，但叫柳姨又覺得跟這具年輕貌美的軀體很不搭。

「雲姑娘……」她伸出了手，我趕緊握住，小妖蹦到我的身上，又開始亂竄。

「我想求妳一件事情。」

「請說，只要我能做到。」

「請妳嫁給無恨好嗎？」我頓時愣住，一時呆立在床邊不知如何回答，倒是斐崳淡淡道：「那柳月華妳當初為何不選擇拓翼而選擇水酇？」

柳月華的目光從我身上移開，看向了斐崳，斐崳淡笑道：「因為妳愛的是水酇，而不是拓翼吧。既然妳知道感情不能勉強，何苦為難非雪呢？妳認為非雪如果答應妳嫁給水無恨，水無恨會幸福嗎？」柳月華的目光漸漸黯淡，她再次看著我：「那能讓我繼續做幾天活人嗎？讓我陪陪無恨。」

我當即驚道：「妳還打算把身體還給水嫣然啊？」語畢，發現柳月華的臉上滑過三條黑線：「雲姑娘莫不是以為我想霸佔水嫣然的身體？這仇是要報，但我有分寸，水嫣然並沒有對我做什麼，我這麼做只是想借用她的身體接近韓太后，順便讓她好好反省。」

「哦……」原來是我小人之心度君子之腹了，我拿出赤狐令，赤狐令卻漸漸變得溫暖，隱隱地聽見了水嫣然的聲音，很輕很淡，但意思似乎是認為自己和母親慕容雪罪孽深重，這身體就給柳月華使用，當作替自己母親贖罪了。我將大致意思轉述給柳月華，她輕輕嘆了口氣，道：「想必是這丫頭不想出來吧……等她想通了，我自會還她身體……」

一陣惋惜從心底油然而生，身旁的斐崳也為水嫣然嘆口氣。或許就像柳月華說的，是她自己不想走出赤狐令，儘管那裡寒冷、孤寂，卻是她最好的藏身之處。

喫天是和水無恨一起回來的，那時柳月華已經沉沉睡去，她的臉上帶著安然祥和的微笑。

喫天拉起我就往外走，而水無恨只是看著我，沒有挪動腳步，就那樣在原地站著。奇怪的是他的臉上沒有半絲不甘或哀傷，反而是淡淡的笑容，那種透露著安心的笑容。

「你跟他怎麼說的，他好像想通了？」我看著始終沉默不語的喫天，好奇地問著。

和我們一起離開的斐崳淡笑道：「想必尊上是跟人家比賽了吧，才會讓對方輸得心服口服。」

「比賽？比什麼？」我發現喫天的臉色很黑，好像這個比賽難以啟齒？

喫天的喉嚨咕嚕了一下，依舊沒說出口。他越是這個樣子就越發讓我好奇：「到底是什麼？」

他依舊不理我，只是一個勁兒往前走，斐崳在一旁笑了起來：「怕是說不出口，我也不聽了，這就解散吧。」說完，他朝另一個方向走去，那裡正有一個人等著他。

「歐陽緡！」我熱切地打著招呼。

「走吧！明天還要應付終審，回去好好休息！」叟天有點不耐煩地拉住我，歐陽緡只是朝我揮了揮手便陪著斐崳離去，心一下子受到嚴重打擊，我居然被冷落了！看著身旁的叟天，自從他跟水無恨比試後，就一直默默無語，我再次追問：「你們到底比什麼？」

「就是……！#○△」他含糊地一下子把話滾了過去，我根本沒聽清。

「再說一遍，我沒聽清楚。」

「就是比#%○#￥△……」

「還是不懂，說清楚點，你繞什麼舌頭？」

「就是比！」叟天的臉當即紅了起來，嘆道：「就是比美囉，我說雲非雪這麼好色，不是最美的不配留在她的身邊，於是……」

「噗……！」我當場噴血，而且動作做得非常誇張，好比星爺電影裡的「對穿腸」。

然後，叟天的臉上就再次畫滿黑線。

就在這個晚上，我作了一個夢，夢見水嫣然跟我告別，她說她知道沒臉見夜鈺寒，但她實在無法離開他。她要去找他，然後永遠待在他的身邊陪伴他。

當我醒來的時候，我看見一隻錦鳥站在我的枕邊，向我點了三下頭，彷彿是在給我磕三個響頭，然後振翅而去。從那時起，赤狐令就失去了溫度，裡面是一片沉寂。

清晨的曙光從錦鳥離去的窗戶撒了進來，帶著新的希望來到人間，那光線寬容地包裹著這個世界，將溫暖帶給大地和我們的心……

十八、終審（上）

當我踏出院門的時候，我看見了拓羽，今天是終審的日子。

一層厚厚的陰雲籠罩在皇宮的上方，沉悶而陰鬱。拓羽就站在那裡，彷彿在等著我的出現，他孤寂而疲憊的身影在宮門下猶如一縷徘徊人間的孤魂。

「妳說上官會回來嗎？」他遙望著漫天的陰雲，此時正有一束陽光擠破了陰雲撒向人間。

「那晚她來找我，說恨我。呵……我當時因為鈺寒的事而心煩氣躁，居然拿起劍對著她。我問她，我哪裡對她不好？我知道她想做皇后，我知道她的野心，我知道是她害了雲非雪，我知道她待在我的身邊只是為了鳳霸天下……我不知道為什麼，在說這些話的時候，我的心很痛，痛得就像被人緊緊揪住了一般，讓我無法呼吸……」拓羽深深吸了口氣，陰雲漸漸散開，更多的陽光撒了下來。

「可是，她卻哭了。她哭得那麼絕望，那麼悽涼……直到妳昨晚的話，我才明白她所做的一切都是因為愛我……非雪……」他緩緩俯下臉看著我：「妳向太后報仇我不怪妳，因為她曾經傷害妳。上官失蹤我知道妳也不願意……我只希望妳看在蒼泯千千萬萬的百姓上，救救蒼泯，救救他們，不是為了我，我知道自己不值得妳原諒，所以只求妳救救他們的性命。」

陰雲徹底被陽光打散，耀眼的陽光籠罩著我的身體，我看著陽光被撒滿的皇城，笑道：「皇上，今天是個好天氣不是嗎？」

拓羽愣了一下，呆呆地看著站在陽光下的我，直到那些暖人的陽光也將他的身體籠罩，他才露出安心的笑容。

「皇上該去給太后請個早安，新的一天說不定會有奇蹟。」我笑著，擦過他的身體往外走去，身後的叟天走到他的身邊站定：「自己的女人應該自己去找回，天將尚在人間。」說完，他緊緊跟了上來，我轉過身，那一刻拓羽也轉過身來，他定定地看著我，我微笑著。

拓羽，天沒有騙你，去找她吧，她是你應該珍惜的女人。

一直都顯得淒涼的風波亭，今日變得熱鬧起來。

拓羽坐在正中，臉上出現了長久不見的神采，太后在今早醒來，恢復了正常，一起來便開始念誦佛經，不參加此次終審，而上官尚在人間的消息也讓拓羽重新振作。

在拓羽的旁邊，我很吃驚地看到了水無恨，聽叟天說，水無恨今日一早就來晉見拓羽，兩人在御書房長談將近一個時辰，直到各國國主到來，才一起到了風波亭。

水無恨的出現的確讓我吃驚，我原本以為水無恨從此不會出現在江湖上，更不會出現在皇宮裡。他今日也是英姿颯爽，沒了那份傻氣，整個人看上去威嚴而神氣，讓那些宮女們驚奇不已。

水無恨站在拓羽的身後掃視著亭內的國主，對上了我的視線，我疑惑地看著他，他卻對著我揚起一個微笑，這微笑更是加深了我的疑惑，幾時水無恨和拓羽成了同仇敵愾了？

今日風和日麗，雲淡風清，空氣中洋溢著淡淡的花香，翩翩彩蝶在花間嬉戲，一派祥和之景。風波亭的左側坐著北冥和畬諾雷，北冥依舊一臉深沉，傲然的雙眼讓人望而生畏；旁邊是他的盟友畬諾雷，他正看著對面，對面是柳讕楓，不過在柳讕楓的身後卻是寧思宇，她也來了。

我不由得笑了，不知她會準備一個怎樣的雲非雪。

我緩緩走進風波亭，那些國主隨意地瞟了瞟我幾眼，眼中帶著譏笑，像是在說別以為這張臉像就是雲非雪。思宇緊緊盯著我，彷彿不把我撕開看個清楚不甘休，我迎視她的目光，然後咧開了嘴，那一刻思宇愣住了，視線閃爍了一下，等她再看我的時候，我已經是一臉狐狸笑。

我對著拓羽行禮：「雲非雪參見皇上。」

「免，賜座。」曹欽給我安排座位，正好在柳讕楓那一側，我就坐在離思宇不遠的地方。她瞪著我，我看著她，笑意濃濃。

「各位。」拓羽清著嗓子：「大家遠道而來就是為了辨別雲非雪的真偽，今日雲姑娘就在各位的眼前，大家有何疑問不妨直接問雲姑娘。」眾人再次看向我，我依舊是一臉狐狸笑，身後的叕天開始橫眉怒目，警告他們不許多看我一眼。

就在這時，思宇站了出來：「慢著！皇后為何不在？」

拓羽的雙眼瞇了瞇，沉沉道：「皇后身體欠佳。」

「欠佳？」思宇冷笑：「怕是心虛吧，還是知道我也找到了雲非雪，怕被當場揭穿？」思宇的話一個字一個字刺在拓羽的心上，拓羽瞇起的眼中射出了寒光，而與此同時，另兩道寒光也射向拓羽，正是畬諾雷和柳讕楓。我心裡忍不住想笑，本想忍著，畢竟此刻是緊張而嚴肅的時刻，卻聽見㚖天輕聲道：「想笑就笑，小心憋壞身體。」於是我笑出了聲，不知是不是受我心情影響，亭外瞬即聚集了飛鳥，一群全落在了亭外的樹上，一時間唧唧喳喳歡聲不斷。

整個風波亭的寂靜瞬間被打破，飛鳥的笑聲形成了特殊的幽默和諷刺，引來亭內人的張望，他們望著亭外的飛鳥，那些宛如嘲笑他們的笑聲，讓他們皺起了眉。

我清了清嗓子，笑道：「看來這位姑娘的支持者不少啊，皇后的確沒病，不過她也的確無法出席。」

思宇在聽見我前半句的時候喜了一下，但聽見我後半句時問道：「為什麼？」

「因為她回去啦……就像我們當初來的時候那樣，咻一聲就消失了，不見了，回去了！就這麼簡單，思宇！」我清清楚楚地喊著她的名字，認認真真地看著她，她倏地愣住了，輕聲道：「不可能……不可能，妳說謊！哼！」她冷笑一聲：「別以為妳知道我們的過去就能冒充雲非雪，因為只要她出來，你們的謊言就會被徹底戳破！」她正色地對著我宣布著，我笑道：「誰？」

思宇看了看在座的國主，一個字一個字說道：「雲，非，雪！」說罷，從亭外飄飄然走進一個女子，那女子一身白衣，桀驁不馴的氣質，冷漠的眼神，嘴角一抹狡黠的笑。

當她進來的時候，北冥和各國主都定睛在她的身上，她有著獨特的氣質，看似女人卻恰似男人的瀟灑，似是男人卻有著女子的柔媚，她是雲非雪，她是那個讓人不敢貿然親近的雲非雪，那個謎一般的雲非雪。

「還是這個像……」㚖天彎下腰在我耳邊輕聲說著。

我不滿道：「現在的我不好嗎？」

昊天笑道：「現在的我更喜歡。」

真是油嘴滑舌。不過這個雲非雪無論是相貌或氣質都非常像以前的我，我甚至覺得自己不是雲非雪，她才是。

那個雲非雪走進亭子，不卑不亢地向各個國主行了個禮，當她朝向北冥的時候，北冥幾欲站起身，昊天再次彎下腰冷聲道：「雲非雪招惹的男人就是多。」濃濃的醋味讓我牙齒發酸，我不禁調笑道：「你乾脆坐下來，彎上彎下的你減肥啊？」昊天睜圓了眼睛看看我，隨即輕哼一聲，還真就不客氣地坐在我的身邊，那巍然而坐的姿勢，比在場的國主們都還要跩。

「賜座。」小太監給這個雲非雪擺上了案几和座位，她就坐在我邊上。

她淡淡地看著我，一臉微笑。的確越看越像啊……她看了我一會，問道：「上官真的失蹤了？」

我點頭，她揚起一抹冷笑：「她以為躲過我就可以躲過她的罪孽了嗎？」

「罪孽？罪什麼孽啊，妳不是沒死嗎？」

「話不能這麼說，這位姑娘，難道一個殺人犯因為對方沒死就可以獲得赦免了嗎？這只能說是被害者運氣好，死裡逃生，而且姑娘如此說，就是承認我是雲非雪，而妳自己是冒充的囉。」

她得意地笑著，抓住了我的語病，全場的人都唏噓不已，思宇冷笑道：「看來上官的訓練不怎麼樣，這麼快就露出了破綻。」

我笑了笑，看著面前的雲非雪：「我不是，難道妳就是了嗎？為了報仇而牽連無辜百姓，這可不是雲非雪的作風啊。」

「無辜？」面前的雲非雪變得激動：「難道我就不無辜嗎？我幾番相信上官，可她又是怎麼對我？佛都會發火，更別說我雲非雪是個凡人，此次我只想讓上官給我一個交代，不想牽連百姓！」

「交代？妳讓上官怎麼交代？」我反而看向思宇：「還是妳想讓上官自殺謝罪？」

思宇一臉憤怒：「至少要……」然後她頓住了，看樣子她並沒有想好要上官如何交代。

我笑道：「姊妹一場，妳真想讓她以死謝罪？還是讓拓羽休了她，讓她淪為乞丐，永遠被人唾罵？但這樣的話，那些國主可就無法稱心如意囉。」說罷，那些國主的臉色立刻陰晴不定起來。

徐徐的春風帶進了一片柳絮，那白色的柳絮猶如一朵白雪飄過他們陰晴不定的臉，落在了我的掌心，我揮了揮手，柳絮再次飄離，滑過了那個雲非雪的臉，她身上的味道讓我越來越熟悉。

我看著面前眼中帶著恨意的雲非雪，就像看到我被水嫣然推落的那一刻，眼中是對這個世界的痛恨，是對蒼天的不服。思緒漸漸拉回，我淡淡地笑道：「請問雲姑娘為何恨上官？」

「因為我當她是親人，她卻屢次害我，最後居然將我推落大海！」

「姑娘此言差矣。」拓羽朗聲道：「推雲非雪下海的並非皇后，而是由水嫣然易容的假皇后！」

一言既出，四座譁然，我納悶地看著拓羽，因為我沒跟他說過推落雲非雪的是水嫣然。不過在看到水無恨臉上的微笑後，我明白了，這一切定然是水無恨跟他說了。

就在這時，外面匆匆趕來一人，那人一身塞外服裝，走到亭中一眼便看見我和身邊的雲非雪，他急急走上前，看看我，再看看我身旁的雲非雪：「妳們……妳們究竟誰是雲非雪？」

我看著身邊的雲非雪，心中玩意正盛，我想看看她怎樣應變，只見她緩緩站了起來，眼中是見到親人一般的欣喜：「大哥，好久不見，可好？」

哎呀？她居然認識薩達？按道理思宇頂多只知道我的奇異經歷，知道薩達成了我義兄，但理應不知薩達的樣貌，為何面前這個女人卻知道？她身上的味道有點熟悉，難道我在闕城的時候，她也在？她……究竟是誰？

「好妹子！」薩達激動地握住了那雲非雪的手：「只要妹子說一聲，大哥可以為妳踏平蒼泯！為妳報仇！」

我心中一陣感動，在這裡的人當中，又有幾人是真正為我討公道而來？

「我……」

就在那雲非雪想說話的時候我站了起來，笑道：「這若是踏平蒼泯又不知要連累多少無辜了，既然雲姑娘說不願牽連無辜，莫不是想讓他們瓜分了蒼泯？」我話音一落，立刻引來無數寒光。

薩達看向我，眼中是少有的寒意，他立刻放開雲非雪的手對著我冷聲道：「我雖然遠在塞外，但也知妳是那個相思姑娘，並非雲非雪！拓羽請妳來，就是為了魚目混珠，現在面對真正的雲非雪，妳居然還敢出聲！」

「正是！」思宇大聲道：「妳所有的話都接在非雪之後，證明妳對雲非雪知之甚少，還是不要助紂為虐！不要再幫上官了，她不值得。妳是否有何苦衷，還是被上官他們要脅？反正他們經常做這種事情。」思宇的話使各個國主陷入沉思，拓羽雙眉緊擰，帶出一聲長長的嘆息，他令小太監為薩達擺上席位，薩達就坐在柳讕楓和我之間，我和那雲非雪再次坐下。

對面的北冥淡淡地笑了起來，一旁的畬諾雷大聲道：「我們不會發動戰爭，雲姑娘對在座的都是有情有恩，若拓國主再不給出一個交代，我們就要行使《五國條約》的第九條，彈劾拓羽，另立新王，以維護五國之間的和平。」

「沒想到《五國條約》裡還有這麼一條，我怎麼沒聽說。」我看向一旁的叟天，叟天輕聲道：「妳除了看那些亂七八糟的書，怎會對《五國條約》感興趣。」這倒是，就算那條約放到我的面前我都不會去看一眼。

我看向義憤填膺的畲諾雷，笑道：「怎麼畲國主不記恨雲非雪從貴國劫人的事了嗎？」

畲諾雷原本充滿正義的臉瞬間沉了下去，目光瞟向了寧思宇，眼角的餘光正巧看見思宇微微驚訝的臉，這件事相當隱密，即使上官也不知。

我繼續道：「雲非雪當初通風報訊也是為了蒼泯，那時她又不知緋夏國主是誰，但死在蒼泯就會給蒼泯帶來一連串的麻煩。蒼泯是雲非雪的家，更有無數好友在沐陽，儘管上官多次利用雲非雪，但她終是雲非雪的親人，雲非雪不會不理，所以平心而論雲非雪那次幫的是蒼泯，而非畲國主，所以雲非雪對畲國主其實無恩。」

畲諾雷的目光像一把利劍朝我刺來，我用我的微笑化解了他目光的殺傷力，他的表情慢慢變得疑惑，我輕笑道：「非但無恩，反而有恨，只怕畲國主心裡那根奪人之刺至今尚未拔除，既然如此厭惡雲非雪，又哪裡值得畲國主興師動眾前來討交代？」

「妳！」畲諾雷怒眉橫豎，我立刻側過臉看著一旁的雲非雪大聲道：「我沒說錯吧，雲非雪？」那雲非雪愣了愣，視線瞟向我身後，我微微傾過身體，擋住了她的視線：「別看了，思宇她心裡清楚。」那雲非雪臉上的表情瞬間定格，她驚訝地看著我，一絲無助從她眼中滑過，但她又迅速冷靜下來，對著我揚起了淡淡的微笑，點了點頭。

此刻，我身上感受到另外一束目光，是北冥。

我轉回臉，和他的目光撞個正著，我笑道：「再說北冥國主你。」

「我？」北冥的唇角微微上揚，一臉的神祕：「姑娘此番又說到我頭上了，那就說來聽聽。」

「北冥國主究竟是為了雲非雪而來，還是為了……天機！」我抬起眼直視北冥的眼睛，他的眼睛迅速半瞇，掩飾所有的鋒芒，然後他緩緩張開眼睛，帶出了微笑：「雲非雪和天機又有何關係？」

「哦？北冥國主不知嗎？那孤崖子總知了吧。」我笑著，北冥的眼睛瞬間滑過一道銳利鋒芒，但他很快收起那道鋒芒，然後定定地看著我，由最初的警戒變得疑惑。

我道：「孤崖子在觀星臺上的三星解說可謂是語驚四座，讓下面的聽者無不佩服，是嗎？雲非雪？」我再次側臉看著身邊的雲非雪，她再次微微點頭，道：「當時孤崖子一席話，卻給這個世界掀起了不大不小的風浪，各國都開始祕密尋訪三星，就是為了滿足自己要統一天下的野心。」

她看向我，一雙眸子閃現著燦爛的星光，從她的眼中，我看到了一種惺惺相惜的感覺。她由最初排斥我，到現在配合我，看來她也不想讓雲非雪墜海事件成為世界大亂的導火線。

「沒錯。」我看向眾人：「我想在雲非雪墜海後，最不相信她死去的應該就是北冥國主你了。」

「為什麼？」北冥臉上的笑容漸漸變得深沉，我看了看身邊的雲非雪，她輕笑著說道：「因為你也曾經想讓雲非雪從這個世界消失，那麼她就可以以天機的身分重回人間，你認為是拓羽自編自演了雲非雪墜海事件，目的就是要永遠地藏起雲非雪，藏起天機！」她的話終於讓掩藏在微笑面具後的北冥有了動靜，他怔愣地看著我們。

此番那雲非雪的話中也不再以「我」自居，而是說「雲非雪」如何如何，可見她已經承認自己並非雲非雪。所有人在她說完那些話後，都面帶震驚地看著我和她，而思宇和柳讕楓都皺起了眉，眼中帶著責備。

「那只是其中一個原因。」沒想到一直沉默不語的叟天卻突然出了聲，眾人看向他，這才發現我的身邊居然還有一個男人，而且這個男人戴著面具，面具外的刀疤顯示他的臉一定非常可怖。

叟天摸著粗糙的下巴說道：「大約一個月前，孤崖子和水酇達成了一個協定。」

叟天才說到一半，我發現北冥怔愣的表情瞬即一凜，緊緊地注視著叟天，只聽叟天繼續說道：「這個協定就是北冥皇室會扶助水酇登上蒼泯的皇位，不過現在水酇瘋了，也就死無對證了。」

說完，他看向北冥，眼中沒有絲毫情緒，就那樣隨意地看著他，既不是詢問，也不是篤定，但北冥的眼中卻漸漸射出了寒光：「你是誰？」

「我？」叟天指著自己的鼻子，隨即指向我：「我是她男人。」

一句話讓所有人的臉都風雲突變，風波亭內原本緊張的氣氛瞬即被這句話打破，他們或是疑惑或是不解地看著我和叟天，我只覺得太陽穴發緊，有股想扁他的衝動，他還意猶未盡地說道：「我在海邊救了她，她就以身相許了，怎麼甩都甩不掉，哎……」說完還痛苦地抓抓頭皮，一臉的苦惱，我狠狠瞪著他，他自然不敢看我，裝模作樣地看著亭外的飛鳥。

「這怎麼可能？」思宇突然叫了起來：「非雪最愛就是美人，絕不會喜歡一個醜男，妳肯定不是非雪！」思宇認真地做著判斷，周圍的人也頻頻點頭，北冥立刻道：「這位兄台似乎知道很多，敢問這位兄台高姓大名。」

「隨風。」叟天隨意地說著，那話猶如一陣風刮遍了所有人的耳朵，思宇立刻驚訝地朝我望來，她是知道的，因為我告訴她隨風已經長大，而其他人並不知曉，他們跟隨風都有過接觸，但絕對不是我身邊這位醜男，而是一個意氣風發的美少年。

「隨風？」果然，北冥立刻提出質疑：「在下也認識隨風，但卻不是閣下，看來是同名同姓。」

叟天聽罷笑了，神情變得認真：「你見的是那個小隨風，我是大隨風，你們是來辨別雲非雪的真假，而不是來論我究竟是誰，請各位別偏離了主題，莫不是你們想多留幾天，多吃幾天拓羽家的白食？」他不羈地笑著，那些國主的臉色立刻變得陰沉。

我在心底偷笑著，側眸間看見思宇依然看著我，我隨即朝著她揚起一個狐狸笑。

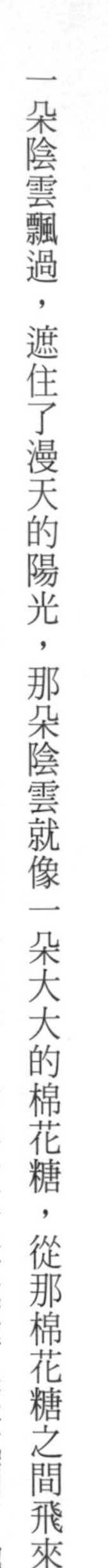

十九、終審（下）

一朵陰雲飄過，遮住了漫天的陽光，那朵陰雲就像一朵大大的棉花糖，從那棉花糖之間飛來一隻錦鳥，我不覺揚起了手。牠停落在我的指尖，轉著圈圈歡叫著，彷彿在告訴我牠已經找到了牠要找的人，轉而牠看見了水無恨，牠驚訝地站定在我的指尖，愣愣地看著水無恨。

我道：「你們水家與拓家的仇恨已經解除。」我說得並不響，卻引起了所有人的注意。

這裡誰不知水酇造反，水無恨是個傻子，而今日的他也讓他們疑惑。水無恨，就像謎一樣，正正經經地出現在這裡，出現在大家的眼前。只不過今日他們關心的主角是雲非雪，而非水無恨。

錦鳥的注視終於引起了水無恨的注意，他看向錦鳥，錦鳥飛落他的肩膀，親熱地用自己的臉磨蹭著水無恨的臉龐，他狐疑地揚起手撫摸著錦鳥的羽翼。

我道：「牠在跟你道歉，不該推雲非雪落海。」

「什麼？」

「她到底在說什麼？」

國主們輕聲驚嘆，我緩緩說道：「拓國主並未欺騙大家，當初推雲非雪落海的，的確不是上官，但他說得也不是完全正確，推雲非雪落海的也不是水嫣然！」

「什麼！」此番連拓羽也驚訝出聲，立在水無恨肩上的錦鳥瞬即怔住了身體，我看向牠，柔聲道：「當時雲非雪是自己鬆開了手。嫣然，在妳落劍的時候，她就已經鬆開了手，她雖然掉下了海，但她不會死，因為她是天機。既然是天機，就不會被毀滅，否則她在沐陽就已經死於毒藥，在北冥別院她就葬身火海，在樹林她就被害於人口販子之手。妳看，她幾番不死，又怎會死在妳的手中？她已經原諒了妳，是妳自己無法原諒自己。」錦鳥咕嚕嚕地鳴叫著，宛如哀哀哭泣，錦鳥的特殊表現讓亭中的人都驚訝不已，水無恨捧住了錦鳥顫抖的身體：「妳是……嫣然？」

錦鳥昂起了頭，看了水無恨一眼之後再次振翅而飛，飛向陰雲之間的裂口，一束金色的陽光從那裡射了下來，猶如天堂迎接天使回歸的通道。

水無恨急急追出了亭子，視線追隨錦鳥而去，我幽幽道：「牠去他的身邊了……」

水無恨久久地凝望著天際，眼中是深深的疼愛和惋惜。

「那麼朕那日看到的水嫣然又是誰？」拓羽驚異地看著我，我笑道：「是你母后的一位故人。」

拓羽不可置信地看著我。良久，他忽然大笑起來：「哈哈哈，果然有雲非雪的地方就充滿驚奇！」他的話讓在場的國主都望向了我，北冥眼中的疑惑，獪諾雷眼中的迷茫，柳讕楓眼中的淺笑，薩達眼中的欣喜，他們一個個都看著我，在我身上尋求著答案，我到底是誰？

「妳是相思還是非雪……」思宇緩緩向我走來：「上官真的……」

「妳還怨她、恨她嗎？」

「我怨！我恨！」思宇握住了我的雙手：「我怨她為何總是不相信我們，我恨她為何總是自作主張！她到底有沒有把我們當作她的親人！」

「是啊，我也怨她、恨她，但現在，我更氣她！氣她竟然就如此消失，害我一肚子火不知朝誰發才好呢。」

「我也是！」思宇咧開了笑容，陰雲漸漸化開，陽光瞬間撒入了風波亭，照亮了我和她的笑容。周圍的人、物漸漸變得朦朧，彷彿整個世界只剩下我和思宇……然後，上官也加入了我們，我們三人的手緊緊握在了一起，就像初來之時……

微微的風吹起了我和思宇的長髮，思宇漸漸收住了笑容，鼓起了臉：「妳是相思，不是雲非雪。」

「嗯，我是相思。」

「那究竟誰是雲非雪？」薩達疑惑地看看我，再看看坐著的雲非雪，所有人都變得疑惑，只因為最具權威的寧思宇否認了我雲非雪的身分。

思宇笑看著我，指向那雲非雪：「妳可知她是誰？」

我和那雲非雪都是淡淡地笑著，一樣的神情，一樣的笑容。

眾人和我一起陷入了揣測，我看著那雲非雪，她靜靜地看著我。

我仔細地回想了一番：「認識薩達的必然那時也是身處闕城的人，而妳又如此瞭解雲非雪，必定與她有過接觸，當時跟雲非雪有過接觸的只有兩個女人，一個是茱顏，還有一個就是玲瓏。茱顏是北冥的人，此刻身在暮廖，那妳應該是……玲瓏！」

那雲非雪笑意愈深，她緩緩揭開了人皮面具，玲瓏俊俏的臉出現在眾人面前：「妳還是那麼厲害！」她拿著人皮面具，看上去很是激動。

「我一直想做像妳這樣的女子，瀟灑來去，自由人間，但終究還是相差甚遠。」

「玲瓏？」拓羽在一旁驚呼起來：「妳以前是不是瑞妃身邊的宮女？」

「正是，小女子正是伺候瑞妃的南宮玲瓏。」玲瓏恭敬地對著拓羽一拜：「也多虧當初雲非雪將玲瓏趕出了宮，才讓玲瓏現在學得許多宮中學不到的東西。」

「原來如此……」拓羽若有所思地點著頭。

「那真正的雲非雪究竟在哪兒？」北冥忽然大聲發問，雙眼直直地看著我，我淡淡地看著北冥：「她還在這個世界，只是不想出現，所以特地委託我來澄清一切。」

一旁的叟天忽然開口道：「怎麼？北冥你還不想甘休？既然雲非雪墜海與上官皇后無關，就是與蒼泯無關，此事就該告一段落，拓羽。」他轉向拓羽，叟天直接稱呼國主的名諱讓各個國主都變得不爽，氣氛緊繃。

「你還不擺宴？這都晌午了，你難道想餓著我們？我們既然遠道而來，你該盛情款待！」

拓羽被叟天那種王者的口吻一下子弄懵了，就連其他國主也一時愣在座位上，不再說話，但拓羽反應很快，立即揚起一個制式微笑：「筵席已經準備完畢，上宴。」他吩咐著身邊的小太監，小太監瞬即傳話下去，拓羽坐正了身體，正色道：「既然如此，雲非雪墜海事件就此結束，如果大家想找雲非雪，就請自便。」

一旁的柳讕楓點了點頭：「拓國主說得是，既然這事與上官皇后無關，雲非雪也已經隱世，我們也不便在此久留。」

「那北冥國主和畬國主呢？」拓羽看向北冥和畬諾雷，他自然明白他們是同盟，北冥抬起了眼臉，看向我：「既然雲非雪還活著，自然不想看見我們五國之間為了她而傷了和氣，只是我有句話想跟雲非雪說。」

「請說。」眾人都看向北冥，北冥的目光從我的臉上緩緩移向萬里無雲的天空：「雖然她是天機，我也曾經懷疑是拓國主藏起了她，但我關心的、愛的，以及此行的目的，都是為了雲非雪！」說完他轉回臉凝視著我，我一下子愣在那裡，心變得茫然而空洞。

「北冥國主的表白很是感人哪。」熤天不冷不熱地說道：「可惜這雲非雪已是他人之妻，北冥國主還是另覓佳人。」

「誰？」北冥緊緊盯著熤天：「難道是那個隨風！」

我鬱悶，怎麼他和水無恨問的都一樣，難道我給他們的印象就是這麼好色？就連思宇都因為身邊這個醜男而否定我的身分，我真的這麼「外貌至上」？

菜肴就在這時一道一道地擺了上來，即使人來人往，依舊阻斷不了熤天和北冥之間的電光火星，熤天忽然大笑起來：「哈哈哈，想知道？求我。」他收住笑容邪惡地看著北冥。

又來了，這傢伙……

北冥的眼中噴射著火焰，一張臉拉得比驢還長。而就在熤天說完那話的時候，我忽然發現柳讕楓甩頭朝熤天望來，眼中是強烈的好奇，難道柳讕楓也知道熤天這句讓人痛恨的口頭禪？

他忽然騰地站起，急急走到熤天的面前，瞬即頓住了腳步，他掀起的風揚起了我和熤天的髮絲，他朝熤天抱拳：「請賜真面目！」

他說得那麼認真，眼神那麼真誠，一直以來，我都覺得他的眼神很飄邈，有種說不出的魅惑和不羈，而今天的他卻如此正經。

叟天輕笑一聲，不看柳讕楓，舉起了酒杯在手中把玩，所有人都朝這裡望來，幽默的是，輕柔的絲竹漸漸在亭內響起，宛如為柳讕楓配上背景音樂。

「那年，我全國搜尋斐崳。就在那時，一名自稱隨風的俊美少年潛入我的皇城，答應在下如果肯放過斐崳，就讓在下見到真正的美人，既然閣下說自己是大隨風，那在下相信定然比那小隨風更是俊美百倍，不知閣下可否兌現那小隨風的諾言？」他認真地看著叟天，我鬱悶地揪過叟天的衣領嘀咕道：「還有這回事？」

叟天瞇著眼，眉角直抽，輕聲道：「那時不想動用武力，而且只要動動嘴皮子就可解決斐崳的事，豈不輕鬆？」

「那現在怎麼辦？人家對你可是牽腸掛肚啊。」

「我怎麼知道？要不就給他看看。」

「隨你，別給我惹桃花。」我放開叟天的衣領，我們再次正經地坐直身體。

叟天緩緩站起身，慢慢地揭開了面具，瞬間一片抽氣聲在音樂中此起彼伏，他的臉上是一道又一道讓人毛骨悚然的傷疤，深褐色的傷疤宛如一條條蜈蚣爬滿他的臉龐，讓原本充滿希望的柳讕楓愣了一愣，但他並沒有驚訝，只是依舊緊緊地盯著叟天的臉，彷彿要將這張臉看穿。

我垮著臉，嘆著氣，這什麼鬧劇。我只想快點離去，別讓叟天在這裡招搖。

心頭泛起一陣奇怪的感覺，我下意識地望向天空，只見藍天白雲間，飛來一個黑點。那黑點不同於錦鳥，我不禁站起身，此刻叟天已經開始緩緩揭開他的人皮面具，那俊美的臉即將呈現在眾人的面前。

我對他的臉不感興趣，畢竟看久了自然會有審美疲勞。我朝亭外走去，清晰地聽到了響徹天地的鳴叫聲，是大鵰，鵰鵰居然來了！就在哭天完全揭開面具的那一刻，大鵰朝我飛來，牠巨大的翅膀拍動著，亭內飛砂走石，一片迷濛之間，柳讕楓漸漸張開了嘴，全然不顧那些沙石飛進他的嘴裡。我一把拉住了哭天踏塵而飛，穩穩落在大鵰的身上，翩翩而去。

「妳幹嘛拉我走？」

「我不想讓這麼多人看清你的樣貌。」

「妳在吃醋？」

「不，我在嫉妒，那樣我會覺得配不上你。」

「妳呀……」

「嗷——」一聲長長的，清晰的鵰鳴迴響在沐陽的上空，牠從天際而來，又歸天際而去。

真可謂是：

乘疾風，踏流雲，瀟灑來去，自由人間。

看落花，數飛雪，流浪天地，逍遙神仙。

二十、逍遙人間

就在我離開的下午，拓羽就在各國國主面前將皇位禪讓於水無恨，自己踏上了尋找上官之路，這在情理之中，卻在意料之外。

拓羽的後宮水無恨處理了整整兩天，如此一來，瑞家徹底倒臺，朝廷裡原本就有水家派、瑞家派和皇家派，拓羽臨走前交代了皇家派要支持水無恨，於是水無恨的身後有著強大的兩股力量，政局在最短的時間內獲得穩定。

我得知的時候還驚訝了一陣，熒天卻笑著說拓羽開竅了。他一臉輕鬆的神情似乎一點也不擔心自己還在皇位考驗期。

於是我發書一封以表祝賀，順便推薦南宮玲瓏留在宮中照顧柳月華和上官的孩子，還有推薦以前照顧我的小坤子做太監總管，水無恨初入皇宮，需要兩個得力的幫手。

小坤子自然是感激涕零，但南宮玲瓏已經隨思宇返回佩蘭，於是我讓熒天的人截住了南宮玲瓏，修書一封請她相助水無恨，她看在我的面子上答應留在沐陽一年，等培養出接班人即離開皇宮，完成她的旅程。

當我們回到幽國的時候，青煙那個缺根筋的傢伙又要與我比賽，我那時忽然意識到她想要的其實是國母這個身分。她的執念原來一直都是那個身分，而就在她出招的時候，我隨便抄起了一樣東西抵擋，卻沒想到是面鏡子，她撲通一聲倒在我的面前，我愣了足足有半天。

之後趕到的冥聖對著青煙一動不動的身體哀嘆連連，說為何要使出奪魂咒，然後他就拿走了鏡子，抬走了青煙。我不解地看著他們，說實話，我對咒術還是不是很了解。

後來叟天告訴我，青煙因為在使用奪魂咒的時候正好對著鏡子，等於自己對自己施咒，所以她的魂魄就被困在了鏡子中，這也算是給她的懲罰了。

又是一年開春，夜鈺寒再次出現在沐陽城中，再次成為蒼泯的宰相，協助水無恨管理蒼泯。

他的肩上永遠都有著一隻五彩斑斕的錦鳥，牠形影不離地待在夜鈺寒的身邊，據說有一次夜鈺寒染上惡疾，奄奄一息的時候，也是這隻錦鳥找來大夫為他醫治，那天晚上還刮著大風、下著大雨，當夜鈺寒痊癒之時，錦鳥卻因為虛脫而陷入昏迷，從此夜鈺寒就將這隻鳥當作生命至寶一般疼惜。只是每當他去【梨花月】的時候，這隻錦鳥都會發脾氣，不是啄他的腦袋，就是扯他的衣服，這時夜鈺寒就會按住牠的鳥頭，將牠一起帶到【梨花月】，和水無恨一起瀟灑於花叢之間。

而就在沐陽傳出水無恨與夜鈺寒「出雙入對」的緋聞之時，隱密的影月國國都・花城，正舉行著一場選美比賽。

影月國選美不選美男選什麼？更妙的是各地的穿越女都會收到一份來自影月國特殊的請柬，眾人紛紛趕來，參加此次盛會。

一襲白衫，摺扇輕搖，誰說女子不能手搖摺扇？我這扇來更是風度翩翩，讓那些女人看傻了眼。面前是燈光迷離的露臺，上面是婀娜多姿的美人，讓人心生快活。

小妖優哉游哉地晃著牠的尾巴，由兩位美少年伺候牠美食。

一卷竹簾擋住了我們的座席，淡淡的好聞香味彌漫在空氣之中。手指拈起一顆蜜棗就要放入嘴中，卻被趙靈含住。

她叼走了蜜棗，色色地看著我：「若雲非雪是個男子，定是我趙靈男后不二人選。」

我斜睨著她，她妹子卻湊過了臉：「雲姊姊別嫁男人了，娶我好不好？」

她一嘴的口水差點沒把我淹了，這影月國是怎樣？不是情色慾女就是百合蕾絲邊啊？

我笑著搖頭，一旁的思宇掩面咯咯直笑，我揶揄道：「妳還敢來？不怕子尤揍扁妳？」

「怕什麼，他又不知道。我出差又不是一次兩次，只要這次回去拿錢報帳不就行了？倒是妳，不怕他……」

「哈哈哈……我怕什麼，他現在打不過我。」

「哎……妳們兩人現在可好，一個是如膠似漆，一個是如魚得水。可憐我喔，唯一看上一個還被妳這個傢伙給贏去了。」趙靈單手撐臉哀嘆連連。

我笑道：「那怎能算贏，若妳心裡放不下那柳讕楓，大可放下這王位找他去。」

「我怎能為一個男人放下王位！」

「是啊，他更不可能來找妳了，妳還是今天選一個吧。」趙靈看著我撇撇嘴。

看向舞臺，這裡集中了影月國的美人，更有她們用「非正常手段」請來的美人，而只要這裡沒有皇親國戚，我也樂得看這熱鬧。

音樂悠悠，笑聲連連，還有那帶著濃情蜜意的妖冶香味，挑逗著這裡每個男人……呃……應該是女人的身心。從未想過有一天會再次回到女尊男卑的世界，讓男人成了臺上搔首弄姿的玩物。

一個個美人的表演讓我目不暇給，既看到了讓我作嘔的娘娘腔，也看到了桀驁不馴的冷漠男子，更有被人五花大綁上來開口罵人閉口殺人的美男子，總之花樣百出，趣味橫生。

我指著臺上正在鬧自殺的美男說道：「趙靈啊趙靈，妳就不能有創意點，老是搶人。」

「怎麼個有新意法？發請柬？只怕他們未必肯來。」

「那可以釣嘛，妳那麼特殊，古人很單純的，妳完全可以釣住他們的身心，他們還不來？」

「這個妳擅長，我可不行，還是直接搶最簡單。對了，還有自己來報名的。」

「啊？」我和思宇頓時瞪大了眼睛，居然還有主動報名的？我們一起朝臺上望去，只見此刻是最後一個美人表演。

那美人臉上帶著銀色的狐狸面具，但光是那一頭如瀑布般的長髮和襯托出他傲然身姿的錦繡華袍就足夠讓人想入非非。他的身邊還站著一個侍從，侍從的臉上同樣帶著一個黑色的狐狸面具。

此刻美人開始撫琴，修長的手指觸動琴弦，流暢而動聽的琴音從他手下傳來，跳躍的音樂就像活潑的溪水，全場變得一片寂靜，趙靈更是聽得如痴如醉，只有我開始冷汗涔涔，小妖更是用尾巴遮住了自己的臉深怕被那人看見。

我撞了撞身邊的思宇，思宇還在那裡不停地點頭：「不錯不錯。」

「不錯妳個頭，老公都找上門來了！」

「欸？」思宇的目光終於從兩個男人身上拉回，木訥地看著我，我對著她使勁地擠眉弄眼，她依舊一臉迷茫，我只有輕聲道：「那侍從是韓子尤，我認出他身上的味道。」

「什麼！」思宇立時大驚失色：「那那個豈不是……」我無比淒慘地點了點頭，準備開溜，反正他自己有的是辦法逃走。

此刻琴聲已止，競標開始，只要方才那些美人中誰的競價最高，便是天下第一美人，並且得隨出價者而去。

眼看著第一個已經開始，趙靈的眼睛始終牢牢放在那面具美人身上，那面具美人看向我，好看的唇角在面具下微揚，那笑容頓時讓我毛骨悚然，拿在手中的摺扇差點掉落，小妖趕緊竄上我的膝蓋，隨時準備開溜。

「怎麼？那美人妳認識？」趙靈眉眼帶笑地看著我，我立刻道：「認識，就是那個臉上有刀疤的傢伙，他居然還有臉來選美。」我說得異常認真，趙靈聽了卻是眉開眼笑，一雙色光迷離的眼睛射出兩道攝人的光：「哦？臉上有傷疤？那我倒是要好好看看了。」

「什麼？這樣的妳也要？」

「就當做善事囉。」

「萬萬不可，萬一嚇到妳怎麼辦？」

「怎會？怎麼，妳好像很中意他？」

「怎麼可能？」我呵呵笑著，笑得臉抽筋。

趙靈看了我一會：「那我要了！」

我立刻改口：「我喜歡！」

「這就對了嘛，喜歡就要直白地說出來，別忸忸怩怩的。怎麼，怕家裡的那個找妳麻煩？」

趙靈壞壞地笑著：「怕什麼，現在妳在我的地盤上，有我罩著妳，今晚妳就好好享受享受！哈哈哈！」

而就在我以為事情告一段落的時候，趙靈的眼睛忽然拉直，我正納悶，才發覺整個場面不知為何變得鴉雀無聲。我順著趙靈的目光望了過去，我差點氣得吐血，那個混蛋居然摘下了面具！嘴角微揚，眼中無限魅惑，彷彿在等人開價。

我眼前一黑，叟天你這個冤家！只聽思宇訥訥道：「這下妳要大失血了。」

「我說非雪。」趙靈嘴裡對我說著話，目光卻緊緊抓住叟天不放：「這回我可不讓妳了，難怪妳會想要他。」

「兩千兩。」已經有人開始喊價。

我哭喪著臉看見趙靈的神情越來越認真，眼神中盡是志在必得。

「一萬兩！」趙靈一開口，便知有沒有。

這個混蛋！這次的加碼比上次【天樂坊】還要高！

混蛋看著我，意思是要我喊價，我看著趙靈，外面價錢直線上飆，我第一次用祈求的語氣對趙靈說道：「妳把他買下來送我吧。」

「妳這雲非雪真是討厭！」皇帝的臉，六月的天，說變就變，女人變得更快：「怎麼老跟我搶男人，上次是柳讕楓，這次又是面具男，方才還騙我說他難看，哼！分明是想占為己有！」

她柳眉倒豎，看樣子是認真的。我只有朝叟天聳聳肩，然後在他鬱悶的眼神中和思宇一起離去。這是你自找的，你自己要來參加選美，你又想詐我錢，我這次就是不買你！

最後，叟天以十萬兩的價格成了第一美人，由影月國國主趙靈標得。

一場比酒趙靈喝了個爛醉，我扶著趙靈進入一間廂房就將她扔在了床上，給思宇一個眼色，思宇就推進了一個男人讓趙靈抱著。

然後思宇被韓子尤抓回，我轉到昊天的房間，屋內燈火通明，昊天正坐在床沿，一腳蹬在床沿吃著蘋果，絲毫沒有半點方才美男俊秀的樣子。

他見我進來給我遞過蘋果：「要不要？」

「要你個頭，回家了！」說完我扭頭就走，一陣寒風吹起我的長髮，房間的門就在我面前「碰」一聲緊閉，我怒道：「你就不能好好關門嗎！顯示你內力深厚啊！」扭回頭一看，小妖這個重色輕主人的傢伙早就溺在了昊天的懷裡。

「那這個妳要不要啊？」昊天嘩啦就掏出了一疊銀票，看得我雙眼發亮，他蹺著二郎腿，跩跩的說：「還不把大鵰叫來，我們好開溜。」

「好！」我迅速跑到院子裡，就朝天空發射我的呼叫「電波」。

龐大的黑影伴著巨大的風降臨在我們的面前，我們拿著趙靈的十萬兩銀票，優哉游哉地再次踏鵰而去……

正所謂神鵰靈狐，隨風非雪，時隱時現，傳奇人間。

番外篇　水雲情，無恨心

一封厚厚的書信拿在手中，在對雲非雪的終審結束後，我南宮玲瓏的任務也就此完成。

本想就此遊歷各國，增加見識，讓自己能真正成為雲非雪那樣睿智的女人。可沒想到她卻派人截住我，要我看在她的面子上幫助水無恨振興蒼泯。

我不知道她為何選中了我，她既然是幽國之人，任意選出一位幽國聖使也比我強上百分。可是，我崇拜她，所以只要是她的命令，我不會違抗。我讓送信的人回覆她，願意留在沐陽一年。

而她還給了我一個很好的身分：幽國臨時聖使。

雖然是臨時的，但也十分榮幸。她現在可是幽國國母，她委派的人，別人不敢小覷，這對我到了沐陽幫助水無恨更加方便。

馬車一邊往回，一邊看著手裡厚厚的書信。除了第一句話是請我回沐陽相助，剩下的二十頁全是關於她對水無恨的回憶。天哪，簡直就是在看一本長長的言情小說。她說唯有讓我真正了解他，才能更加好好幫助他，因為他是一個極為敏感細膩的男人。

馬車終於到了皇宮，我站在這座皇宮前，感慨萬千。那一年我成了宮女，進入了這座皇宮，以為一生就此老死宮中，是雲非雪救了我，讓我看到了外面世界的廣闊。

「是玲瓏姑娘嗎？」淡淡的聲音而來，我看過去，是夜叉。為了假扮雲非雪，我幾乎複製了她全部的記憶，不全的部分也已經由雲非雪親自補齊。

我低下頭看她，點點頭。這個女人深愛著水無恨，待在一個愛著別人的男人身邊，並且一直守護著他，這是怎樣的痛？所以才會讓她失去了歡顏，終日寡歡。

她面無表情地轉過身：「國主有請。」

看著她，心裡很疼。我跟上她，走到她的身邊：「夜叉，妳笑起來一定很美。」

她不看我，繼續前行。我停下腳步，看著她漸漸遠去的背影：「夜叉，放下吧。」

她停下了腳步，沒有轉身，只是有些激動的說：「妳不要把自已真的當成雲非雪！」

「我不是她，所以我會跟妳說這些。」我再次追上她。

她撇開臉，咬緊紅唇顫抖著，淚水滾落眼角，如果雲非雪在沐陽還有沒做完的事情，就是眼前的夜叉了。她愛水無恨愛得太深了。

「夜叉……」

她徹底轉過身，背對著我道：「妳應該知道御書房在哪兒，恕我無法再為妳帶路。」哽咽的話語隨著她的逃離一起消失。

我沒有愛過任何人，也不知道愛是什麼，但在看雲非雪給我的那如同小說的書信裡，感覺到了水無恨的痛、夜叉的痛、上官的痛、拓羽的痛，還有夜丞相、水嫣然、北冥國主他們的痛。

原來，愛情讓人心痛。

心中多少產生了惋惜之情。抬眸之間，已經站在御書房那張龍案之前，龍案之後是那曾經裝傻充愣的水無恨，雖然那時他是個「傻子」，可是總把笑容掛在臉上，即便那是裝出來的。至少，我覺得比現在心事重重，一臉深沉的水無恨好多了。

察覺到我的到來，他只是抬眸看了我一眼，再次埋首那堆積如山的奏摺之後。

「既然妳是非雪介紹來的，我也不再多言，開門見山，妳有什麼想法就說吧。」他在奏摺後說著，手中的朱筆不停。他還沒習慣做這個皇帝，連用「朕」自稱也還不習慣。

我想了想：「現在內憂外患已除，其實最重要的是安撫民心。蒼泯百姓在這次四國圍困蒼泯後，對蒼泯失去了安全感，對皇室失去了信心。拓家已經失去了民心，好在水國主及時上位，這讓蒼泯百姓多少恢復了一些希望。」

他聽後，放下朱筆，點點頭。從奏摺後抬手，雙手交握在下巴之下：「得天下先得民心，妳打算怎麼做？」

我看看他，想起在草原的那段時間，說道：「我在草原時，草原上每年都會有一次競技類的比賽。每到此時，各族族民都會興奮激動，躍躍欲試，積極參與，不乏有靠團結取勝的比賽。獲獎者會得到豐厚的獎勵，振奮人心，不如我們以此效仿，舉辦一場適合蒼泯的競技比賽，振奮團結民心。順便還可為朝廷挑選新的人才，穩定朝綱。」

喜色從他雙眸中溢出，他連連點頭：「這幾個月整個蒼泯都活得壓抑，是該好好釋放一下。這件事就勞煩玲瓏姑娘了。」

「謝水國主信任。」我抬眸看他，他注視我的目光中露出了一分柔情。

那一刻，我恍然感覺他在看的不是我，而是我曾經扮演的雲非雪。

三個月後，蒼泯國第一次全國競技大賽圓滿結束，全民歡騰，人心振奮，整個蒼泯再次變得生氣勃勃，都期待著明年的比賽。

是的，在這次大賽成功後，水無恨決定每年舉辦一次，獲勝者會得到豐厚的獎賞，或是選入朝廷效力。

晚上慶功宴結束後，水無恨微帶醉意地站在湖邊，遙望空中的明月：「夜叉還是走了嗎？」

我點點頭：「她說有我在你身邊，她放心。」

「那夜鈺寒找到了嗎？水雲需要他。」

水雲，是水無恨打算新立的國名，取代蒼泯，但是要在拓羽找到上官之後才真正實行。

水無恨、雲非雪，水雲的王國……他可真是痴情，至今無法忘記她。

「非雪？」

他的呼喚讓我回過神，看向他，他正深深地注視我，他……把我當做了她。

心底劃過一分莫名的失落，我崇拜她，但我不想成為她的影子。

我淡淡說道：「找到了，可是玲瓏覺得夜宰相還不適合回來，現在他依然是一個落魄的書生，而不是佼佼才子……」

「非雪……」他忽然擁住了我，帶著醉意的臉靠在了我的肩膀上，我閉上了眼睛，鼻息間是他身上淡淡的酒味，我刻意強調自己是玲瓏，但他還是將我當做了她。

心裡又感受到一絲痛楚，我睜開眼淡淡說道：「水國主，我是玲瓏，不是雲非雪。」

他的身體微微一怔，緩緩鬆開了懷抱，我從他懷中退出，儘管那是許多女人夢寐以求的懷抱。

我欠身行禮：「玲瓏累了。明日還有許多事要做。玲瓏先行告退。」

他開了開口，抱歉地垂下臉龐。

轉身離去，原來愛一個人真的會很痛。不知道幾時愛上了他，或許就在雲非雪給我看的那封書信時……在為他而心痛時，愛情的種子悄悄灑落。雲非雪，妳可把我害慘了……

春去夏來，夏過秋來，當大雪漫漫灑落這座宮殿時，水無恨已經完完全全成了這裡的君王，上下一心。我輔助他一年，助他安撫民心，安撫老臣，安撫拓家皇室。

呵，安撫人心確實不是他的強項，他很不擅長表達自己的心意，也不知道如何去對別人好。或許，這就是非雪要我留下來的原因。

臨近大年三十時，傳來了喜訊，拓羽將上官找回來了，他們已經入宮。

我飛奔到他的御書房外，卻見只有他一人站在院中，仰望天空茫茫白雪。深黑的長袍，俊美的容顏在白雪的背景中讓人覺得安靜。

匆匆從書房內取來貂皮斗篷披到他的身上，一邊繫領帶，一邊問：「拓羽和上官呢？」

「他們去接孩子了。」他低下頭，靜靜地注視我，我抬眸看了他一眼：「那拓羽有什麼打算？」

他沒回答，卻抬手握住了我給他繫衣的冰涼雙手，我微微一怔，隱隱感覺頭頂上越來越熾熱的視線，然後傳來他略帶激動的話語：「水雲終於可以成真了！」

心中再次而痛，他又把我當做了她。一點一點抽回了自己的雙手，垂臉欠身一禮：「恭喜國主，玲瓏告退。」在我轉身那一刻，淚水從眼角而出。

夜叉，妳走了，我也該走了，我不想再痛了。

白雪之下，是拓羽和上官他們乘著馬車遠去的景象。

上官被雷電帶到了一個山寨，忘記了一切。拓羽費盡千辛萬苦才喚醒了她的記憶，最後決定和她一起來皇宮把孩子接回，去做他們快快樂樂的山寨主；並將這個國家真正交給了水無恨，難怪他會說：水雲終於可以成真。

第二年春的時候，水無恨在金殿上正式宣布國名為水雲。而我收拾著自己的行囊，將雲非雪給我的書信留在了圓桌上，它記錄著他們的過去，就給他留作紀念。

非雪，我完成了使命，助他一年，可是我也愛了一年，痛了一年。

他的心裡始終是妳。我愛他，但不想做妳的替身。

非雪，對不起，我無法再替妳照顧妳的無恨了。

揹上行囊，踏出房間的那一刻，看到了他急急跑來的身影。我悄悄躲起，耳邊傳來他焦急的聲聲呼喚：「玲瓏！玲瓏！瓏兒……」他的聲音漸止，他看到了我留下的雲非雪的書信。

他的雙手開始顫抖，無法從書信上移開目光，當淚水從他眼中湧出時，我悄然離去。

水無恨，你可以心裡繼續有她，我不會介意。但是，你不能把我當作她的替身來愛，那樣只會傷害我……

一年後，我在幽國的天機閣內整理資料。因為我順利完成了振興蒼泯的任務，證明了自己的實力，再加上非雪的保舉，我成了真正的聖使，不再是臨時的槍手。在看到水雲最新動向時，心裡為無恨著急，他怎麼還不選后？

回想一年與他的相處，幾乎是朝夕相對，形影不離。因為我的緣故，水雲才有了女官的職位，也是因為我，水雲女人的地位不斷提高，相應的法令也為女人而設。

不知道這個男人在搞什麼，水雲已穩，自該立后。

「玲瓏，上官和思宇來了，妳要不要去見見？」

轉過身，眼前是雲非雪挺著大肚子壞壞地笑。

對於上官我沒什麼感情，但是思宇卻是我的好友，我一定要見。

我上前扶住非雪，她擺擺手：「妳先去，我還想上個廁所，妳知道的嘛，女人懷孕頻尿啦。」真拿她沒辦法，都是一國之母了，還這麼不正經。我只有自己先去。

「思宇——思宇——」我一邊喊，一邊開心地跑入大殿，可是殿內卻空無一人。忽然，身後有人出現，掰過我的身體就攫取了我的唇。

事情發生得太過突然，我怔怔地站在那熾熱的懷抱中，任他吮吻我的唇，鼻息間滿是他的味道，熟悉的味道讓我越發怔楞。

他撥開我的唇，吮住了我的舌，雙手將我緊緊擁抱，宛如要將我揉入他的懷中。異樣的感覺在他吮吻我的舌時從身體深處而來，讓我恐慌。

我慌忙想推開他，可是他卻越發吻住我，不讓我逃脫，那熾熱的吻漸漸抽走了我的力氣，奇怪的感覺讓我越來越慌亂。

熱燙的手爬上我的後背，狂亂的撫摸讓我的身體越來越燙。他扣住我的手臂，急切地擄起我的衣袖，撫上那裡的肌膚，從未被男人碰觸過的肌膚瞬間起了一層雞皮。

我害怕了起來，用最後的力氣推開了他，他趔趄了一下，站在我的面前。

那一刻，我怔立在了原地，唇上是他留下的熱度和酥麻。

「無恨……」

「是我。」他關上了殿門，朝我緩緩而來。

他逐漸靠近，我的心狂跳不已；那熾熱的視線讓我不禁後退：「你…你怎麼來了？」

該死，難道我不該問他剛才到底在做什麼混帳事？怎麼反而還怕他了？

「來找妳。」簡短的回答一如他做事乾脆俐落的作風。

我越發慌亂地後退：「我是玲瓏，不是非雪。」

「我知道。」他搶上一步，再次扣住我的手臂，將我用力拽入他的懷中，熾熱地盯視我：「所以我要妳，我要的是妳！南宮玲瓏！我不能再放開一個我愛的女人！」

那一刻，彷彿有什麼東西在我腦中敲響，讓我的大腦只剩一片空白。

霸道和近乎狂亂的吻再次襲來，落在我的唇上、耳垂上、頸項上，耳邊是他越來越粗重的喘息和他沙啞的愛語：「妳讓我做了一年的和尚，該是負責的時候了。」

熱掌滑入我的衣衫，握住了我的酥胸大力揉捏，熱唇吮吸舔弄，從未有過的感覺竄遍全身，是幸福，還有我很多不明白的東西，它們消融了我的身體，讓我和他，最終融為一體……

「無恨……我愛你……」

「我知道，我一直知道。只是在沒有徹底放下她之前，我不想再來傷害妳……」

「那你……現在放下了嗎？」

「嗯……妳希望我放下嗎？」

「你……」

「呵呵，吃醋了？誰教我苦苦找了妳整整一年？後來才知道是她有意把妳藏起來。剛才遇到她時，我恨不得殺了她。妳說，我放下了嗎？」

心裡，好甜，原來痛過之後，會是那麼地甜。

非雪，謝謝……

後記

《黯鄉魂》是無良第一部穿越小說，那時應該是盛產穿越的年代。無良並未想過一書成名，或是這本書能引起多少關注。只是想去寫一本屬於自己的穿越小說。

那時還在一家醫藥公司工作，身邊的小姑娘心裡也都有一個穿越夢。無良便在想，她們穿越了會如何？而她們在現實生活中，也有著各式各樣對她們的流言蜚語。於是，便有了拜金的二奶上官柔，和思想單純只想好好工作的寧思宇。

現在再看這本小說時，感覺不像是自己寫的。其實每次重看自己的小說，都會有這種感覺。比如我怎麼會寫出那麼肉麻的句子？還有那些滑稽的情節，我當時是怎麼想出來的？每看到類似的情景，都會這麼問自己一遍。好像感覺那時其實是被別人附身了，反正不是自己。

就像遇到朋友，他們總是問，妳怎麼那麼能寫？那些情節妳是怎麼想出來的？

這也是我經常問自己的。

或許，這就是傳說中的靈感？天分？誰知道。反正就這麼寫出來了。有時也會擔心江郎才盡，或是靈感乾枯的時候。

這是一件很神奇的事情。從很小的時候，我的大腦就在不停興奮地運作，情節、人物、對話，不斷地湧出，在腦子裡流轉、喧鬧，有時因此而無法入眠。只有把它們寫出來，才能睡得著覺。

當時是只給自己看。後來同桌看我一個人寫啊寫的很是好奇，然後我就給她看，她強烈要求把她寫進去，我就真的把她寫了進去。於是，看的人越來越多，要求參演的也越來越多，估計那時就為我進入網路而打下了基礎。

在與世無爭的雲非雪、懷揣抱負的上官柔和努力上進的寧思宇身上，大家可能會找到與自己相同的地方，她們代表了我們。不管她們的性格如何迥異，但她們其實有一個共同點，就是：追尋真愛，寧缺毋濫。

當您看到以上的話時，說明您已經很有耐性地看完了此書，無良非常感謝您抽出或是工作，或是學習，或是做飯，或是與男友咳咳咳咳的時間看完了她們三個人的故事，喜歡就笑一下，不喜歡也……請做作地笑一下。要知道：您笑起來可最美哦~^_^

因為是無良第一本書，所以文筆還稍顯稚嫩，請大家海涵海涵……

張廉　二〇一一年十二月廿六日

黯鄉魂

國家圖書館出版品預行編目資料

黯鄉魂 / 張廉作. -- 初版. -- 臺北市 : 臺灣國際角川, 2011.08-

冊 ; 公分. -- (Kadokawa fantastic novels)

ISBN 978-986-287-248-2(第1冊 : 平裝). --
ISBN 978-986-287-349-6(第2冊 : 平裝). --
ISBN 978-986-287-435-6(第3冊 : 平裝). --
ISBN 978-986-287-494-3(第4冊 : 平裝). --
ISBN 978-986-287-590-2(第5冊 : 平裝). --
ISBN 978-986-287-809-5(第6冊 : 平裝)

857.7 100011228

Kadokawa Fantastic Novels DX

黯鄉魂 6（完）

2012年7月18日　初版第1刷發行
2016年4月25日　初版第2刷發行

作　者：張廉
插　畫：Ai×Kira

發行人：塚本進
總編輯：蔡佩芬
主　編：吳欣怡
文字編輯：黃怡菁
資深設計指導：黃珮君
美術設計：宋芳茹
印　務：李明修（主任）、張加恩、黎宇凡、潘尚琪

發行所：台灣角川股份有限公司
地　址：105台北市光復北路11巷44號5樓
電　話：（02）2747-2433
傳　真：（02）2747-2558
網　址：http://www.kadokawa.com.tw
劃撥帳戶：台灣角川股份有限公司
劃撥帳號：19487412
法律顧問：寰瀛法律事務所
製　版：巨茂科技印刷有限公司
ＩＳＢＮ：978-986-287-809-5

香港代理：香港角川有限公司
地　址：香港新界葵涌興芳路223號
新都會廣場第2座17樓 1701-02A室
電　話：（852）3653-2888